वाणी प्रकाशन
4695, 21-ए, दरियागंज, नयी दिल्ली 110 002

शाखा
अशोक राजपथ, पटना 800 004

फ़ोन : +91 11 23273167 फ़ैक्स : +91 11 23275710

www.vaniprakashan.in
vaniprakashan@gmail.com
sales@vaniprakashan.in

EK PENCH AUR
by Manohar Shyam Joshi

ISBN : 978-93-5229-086-4
Novel

प्रथम संस्करण
मूल्य : ₹ 225

सिटी ऑफ़सेट, दिल्ली-110 095 में मुद्रित

वाणी प्रकाशन का लोगो मक़बूल फ़िदा हुसेन की कूची से

जाड़ों की रात थी।

डिनर के बाद कॉफी का दौर चल रहा था। अँगीठी की सुखद आँच तापते हुए उस समय चुप ही सबसे भली लग रही थी। लेकिन मेजर साहब भला कैसे चुप रह पाते। उन्होंने भूत-प्रेतों के किस्से शुरू कर दिये। उपस्थित महिलाओं ने भयभीत कुतूहल प्रदर्शित किया। मेजर साहब का एक किस्सा तो खूब ही जमा—कोई बच्चा सपने में भूत देखकर चीख उठा; उसके साथ-साथ उसकी माँ जाग उठी; बच्चे ने सपने में देखे भूत का बयान किया; और यह बयान पूरा हुआ कि बच्चे और माँ दोनों ने एक साथ लक्ष्य किया कि बिस्तर से कुछ ही दूर ठीक वैसा ही प्रेत खड़ा हुआ है। इस किस्से पर आह-ओह मची हुई थी कि मैंने गौर किया कि हमारे मेजबान ठाकुर मदन सिंह जी की आँखों में वह खास ऊबा-सा भाव है जो सदा इस बात का संकेत होता है कि जो किस्सा वह सुन रहे हैं उससे बेहतर किस्सा खुद सुनाने को तैयार हैं। मगर वह कुछ बोले नहीं। दो दिन बाद जब मित्रमंडली में फिर यही प्रसंग छिड़ा तब उनकी चुप्पी पिघली।

ठाकुर साहब बोले, "अगर आप लोगों का ख़याल है कि भूतों के

इस किस्से में एक बच्चा होने से नया पेच पैदा हो गया है तो उस हालत में आप क्या कहिएगा जब एक नहीं दो बच्चे हों!"

"एक पेच और!" मेजर साहब ने बहुत उत्साह से कहा, "अब आप सुना डालिए ठाकुर साहब!"

ठाकुर मदन सिंह पाइप सुलगाने में व्यस्त हो गये। फिर एक कश लेकर उन्होंने कहा, "बड़ी अजीब कहानी है। बिल्कुल बेजोड़!"

"बहुत डरावनी है?" मैंने पूछा।

"डरावनी? हाँ सो तो है ही," ठाकुर साहब बुदबुदाए, "मगर उससे भी कुछ ज्यादा। सही शब्द नहीं सूझता। घिनौनी कह लीजिए।"

"डरावनी और घिनौनी!" मेजर पत्नी चहकीं, "तब तो बड़ा मजा आयेगा। सुनाइए न!"

मगर ठाकुर साहब माने नहीं। उन्होंने बताया कि यह कहानी उनकी शहर वाली कोठी की तिजोरी में बन्द पड़ी हुई है। इस कहानी को लिखने वाली को गुजरे बीस बरस हो चुके हैं। उसने यह आप-बीती किसी को सुनाई नहीं थी। मरने से पहले वह अपने मोतियों जैसे आखरों में इसे लिखकर दे गयी। ठाकुर साहब की बड़ी बहन लहर बाई की वह सहेली थी। लहर बाई के ही यहाँ उससे ठाकुर साहब का परिचय हुआ। कई वर्ष पहले अपने परिवार की आर्थिक अवस्था बिगड़ जाने पर वह नौकरी ढूँढ़ने दिल्ली गयी थी। वहाँ किसी ने बताया कि ठाकुर चमन सिंह को अपने भाई स्वर्गीय दिग्विजय सिंह के बच्चों के लिए किसी गवर्नेस की तलाश है। वह चमन सिंह से मिली। चमन सिंह के सुन्दर व्यक्तित्व और साफ बात कहने के तरीके ने उसे मोह लिया। शायद यही मोह था जिसके प्रभाव में उसने गवर्नेस बनकर जाना मंजूर कर लिया। यद्यपि चमन सिंह स्पष्ट बता चुके थे कि दिग्विजय सिंह जी का पुश्तैनी महल बहुत ही बीहड़ जगह में है, वहाँ चन्द नौकरों के सिवा और कोई नहीं रहता; पहली गवर्नेस के मर जाने के बाद जो भी बच्चों की देखभाल के लिए नियुक्त की गयी वह कुछ ही महीनों

में भाग खड़ी हुई। चमन सिंह ने आग्रहपूर्वक कहा, "आप अच्छी तरह सोच लीजिए। मैं मुँहमाँगा वेतन देने को तैयार हूँ लेकिन जिन्दगी भर इन बच्चों की और इनकी गवर्नेसों की चिन्ता करना मेरे बस का नहीं है। मैं चाहता हूँ कि आप इन बच्चों को पूरी तरह अपने जिम्मे ले लें। इनकी बाबत मुझसे कुछ पूछने-ताछने की जरूरत न रहे। लड़का तो अब होस्टल में है, वह बस छुट्टियों में ही आया करेगा। लड़की को आप घर में ही पढ़ाएँगी। मगर मुझे दोनों की ही चिन्ता से बिल्कुल मुक्त रखें। यह शर्त भी उसे मंजूर हो गयी।

मित्रमंडली ने बहुत आग्रह किया कि ठाकुर मदन सिंह आगे का किस्सा भी बयान करें। लेकिन उन्होंने यह कहकर पिंड छुड़ा लिया कि उस गवर्नेस के अजीबोगरीब अनुभव की कहानी उसी की ज़ुबानी सुनिएगा। उन्होंने शहर से पांडुलिपि मँगवा ली और हमें पढ़कर सुनाई। गवर्नेस की यह कहानी इस प्रकार थी–

●●

मैंने गवर्नेस बनना मंजूर तो कर लिया मगर दिल्ली से गढ़ी जाते हुए बार-बार मुझे यही महसूस होता रहा कि एक क्षणिक आकर्षण के प्रभाव में एक भयंकर भूल कर बैठी हूँ। सफर खासा तकलीफदेह सिद्ध हुआ। कुछ तो खचड़ा गाड़ी की वजह से और कुछ मेरे ऊहापोह के कारण। गढ़ी के बस अड्डे की मनहूस वीरानी देखकर तो मेरा मन बिल्कुल ही बैठ गया। मैंने सोचा जब यहाँ यह हाल है तब इस नाममात्र के कस्बे से भी कोसों दूर बसे उस उजड़े हुए महल में क्या हाल होगा। जाने कैसे-कैसे जंगली जानवरों और आदमियों से वहाँ पाला पड़ेगा।

"आप ही नयी गवर्नेस साहिबा हैं?" सवाल सुनकर मैं अपने ख़यालों से उबरी। देखा कि महल से मेरे लिए गाड़ी आयी हुई है। कोचवान ने सामान रखाने में मदद की और हम चल पड़े। अड्डे से बाहर निकलते ही सड़क को पेड़ों ने दोनों ओर से घेर लिया। रंग-बिरंगे

एक पेंच और

फूलों की महक से सराबोर उस धूप खिली वासन्ती तिपहरी ने मेरा माथा सहलाना शुरू किया तो मुझे बहुत राहत मिली। हमारी गाड़ी जब महल के अहाते में घुसी तब यह राहत कुछ और बढ़ गयी। भव्य सिंहद्वार, सुन्दर उद्यानों के बीच से गुजरता हुआ लाल बजरी का साफ और चौड़ा रास्ता, आलीशान महल, खुले आकाश में मँडराते पक्षी...और मैं अब तक यही सोच-सोचकर सूखी जा रही थी कि जाने कैसे खँडहर में रहना होगा। जिस आत्मीयता से मेरा स्वागत किया गया उससे तो मुझे अपनी सारी आशंकाएँ और भी ज्यादा मूर्खतापूर्ण प्रतीत होने लगीं।

स्वर्गीय राजा साहब की प्रमुख दावड़ी भौंरी ने मुझे नन्ही राजश्री से मिलवाया। इतनी सुन्दर, इतनी शान्त, इतनी सौम्य बच्ची मैंने पहले कभी नहीं देखी थी। गवर्नेसों के चन्द ही महीनों में भाग खड़े होने की बात सुनकर तो मैंने सोचा था कि बच्चे बहुत ही बिगड़े हुए और परेशान करने वाले होंगे! इस तरह एक-एक करके सभी आशंकाओं के निर्मूल सिद्ध होने से मुझे बहुत शान्ति मिली। मगर इसके बावजूद मैं उस रात देर तक सो नहीं पायी। वह शायद इसीलिए कि इतने बढ़िया कमरे में और इतनी कीमती सेज पर सोने का मौका इससे पहले जीवन में कभी नहीं आया था। मुझे कभी लगता कि मैं इस महल की मालकिन बना दी गयी हूँ और कभी यह कि मेरी हैसियत किसी घुसपैठियों की-सी है—मुझे फौरन यहाँ से चला जाना चाहिए। एक-दो बार दूर कहीं किसी के चलने की आवाज सुनकर मैं चौंकी। एक बार ऐसा भी लगा कि कहीं कोई बच्चा खिलखिला रहा है। मैंने सोचा कि मेरे कान बज रहे हैं। या सम्भव है रात के सन्नाटे में कस्बे की आवाजें यहाँ तक पहुँच जाती हों।

अगले दिन राजश्री मुझे महल दिखाने ले गयी। जिस उत्साह से उसने वह किले-नुमा महल मुझे दिखाया उसे मैं आश्चर्यजनक ही कहूँगी। इतना महल, ऐसे चक्करदार गलियारे, ऐसी अँधेरी सीढ़ियाँ, और एक ऐसी ऊँची भुतहा मीनार कि जिसे देखकर बस आत्महत्या का ही विचार

आता था—सात साल की यह बच्ची यह सब मुझे चहक-चहककर, उछल-कूदकर दिखाती रही। महल के ज्यादातर हिस्से बरसों से बन्द पड़े थे उनमें जाते मुझे कुछ घबराहट हुई लेकिन राजश्री वहाँ भी ऐसे डोलती रही मानो रोज ही यहाँ आती-जाती रही है। मुझे जहाँ अपनी शिष्या के इस साहस पर गर्व हुआ वहाँ न जाने क्यों कुछ आशंका-सी भी अनुभव हुई। लेकिन महल देखने के बाद जब मैं सामने के खुले लॉन में राजश्री को पढ़ाने बैठी मेरे मन पर पड़ी हुई वह परछाईं उसी तरह एक झटके से गायब हो गयी जिस तरह वह प्रकट हुई थी।

●●

राजश्री का भाई कँवर जबर सिंह गर्मियों की छुट्टियों पर जिस दिन होस्टल से लौटने वाला था उससे एक दिन पहले शाम की डाक से मुझे चमनसिंह जी का एक पत्र मिला। सिर्फ चन्द सतरें, 'जबर के स्कूल के हेडमास्टर का पत्र मेरे नाम आया है। इसे बगैर खोले आपके पास भेज रहा हूँ। मैंने हेडमास्टर को लिख दिया है कि आइन्दा बच्चे के बारे में लिखा-पढ़ी आपसे ही किया करे।' मैंने फिर हेडमास्टर का पत्र खोलकर देखा। उसमें भी चन्द सतरें थीं, 'हमें खेद है कि कँवर जबर सिंह जी को अपने विद्यालय और छात्रावास में रखना हमारे लिए अब सम्भव नहीं है। कृपया जबर सिंह जी की शिक्षा-दीक्षा के लिए अन्यत्र व्यवस्था करा लें।'

जब मैंने इसकी खबर भौंरी को दी तब उसका चेहरा फक पड़ गया।

"क्या वजह बताते हैं?" उसने पूछा।

"वजह तो कुछ भी नहीं लिखी है," मैंने कहा, "क्यों पढ़ने में बहुत फिसड्डी तो नहीं हैं कँवर साहब?"

"नहीं, गवर्नेस साहिबा! अपने जबर सिंह जी का दिमाग तो बहुत तेज है।"

"तो क्या उनका स्वभाव..."

"स्वभाव के लिहाज से तो वह लाखों में एक हैं। जिससे मिलते हैं उसे मोह लेते हैं।"

"इस परिवार में मनमोहन ही मनमोहन भरे पड़े हैं।"

मैंने यह फिकरा बगैर कुछ सोचे-समझे कह दिया। मगर भौंरी ने इतना ही सुनकर सब कुछ सोच और समझ लिया। मुसकराकर बोली, "घणी खम्मा गवर्नेस साहिबा क्या आपने भी यह महसूस किया।"

मैं बहुत शरमा गयी। बात बदल देना ही मुझे उचित जान पड़ा। लेकिन उस रात राजश्री को सुलाने के बाद मैं कैंची ढूँढ़ने का बहाना करके भौंरी के कमरे में जा पहुँची। कैंची तो खैर क्या मिलती, वह तो मेरे कमरे में ही रखी हुई थी, हाँ बातचीत का टूटा हुआ सिलसिला फिर शुरू हो सका। मैंने कहा, "क्या कँवर जी में ऐसी कोई भी बात नहीं है जो उनके स्कूल से निकाले जाने की वजह हो सकती है?"

भौंरी पहले तो कुछ सकुचाई। फिर अपने मन में जैसे कोई फैसला कर लेने के बाद उसने बताया, "बात हो भी सकती है।"

"पहेली क्यों बुझवाती हो! आखिर दस वर्ष के बालक में ऐसा क्या ऐब हो सकता है जिसकी चर्चा न की जा सके।"

"गवर्नेस साहिबा मैंने किसी ऐब का जिक्र ही नहीं किया। आप यों ही ले उड़ीं। अपने कँवर जी में तो गुण-ही-गुण हैं। इतने ज्यादा कि लगता है वह बच्चे हैं ही नहीं!"

"क्या मतलब?" मेरे स्वर में शायद घबराहट थी। इसीलिए भौंरी ने हँसकर कहा, "आपको कुछ डर लग रहा है क्या?"

मैंने तुरन्त स्वस्थ होकर कहा, "मैं भला क्यों डरने लगी। दस साल के लड़के से डर कैसा?"

"खूबसूरती से बहुत लगाव है। पहले वाली गवर्नेस भी बहुत सुन्दर थीं। वह अपने चारों ओर खूबसूरती ही देखना चाहता है?"

"वह कौन?"

भौंरी ने तपाक से जवाब दिया, "मेरा मतलब है अपने दिल्ली

वाले ठाकुर चमन सिंह जी।" मुझे लगा कि भौंरी असली बात छिपा रही है। मगर असली बात आखिर हो क्या सकती थी? भौंरी यह सब उस बच्चे के प्रसंग में तो कह नहीं सकती। लेकिन अगर चमन सिंह जी के लिए कह रही होती तो 'चाहता है' की जगह 'चाहते हैं' कहती। आखिर यह राज क्या है? मैंने एक-दूसरे रास्ते से मामले की तह तक पहुँचने की कोशिश की, भौंरी से पूछा, "कँवर जबर सिंह जी पहली गवर्नेस से खूब हिले हुए थे?"

"हाँ।"

"और वह गवर्नेस जबर सिंह जी से कुछ घबराती थी?"

भौंरी ने काफी रुककर एक अधूरा-सा जवाब दिया, "शायद।"

मैं यों टलने वाली नहीं थी–"शायद माने क्या?"

भौंरी ने बातचीत खत्म करने के अन्दाज में कहा, "घणी खम्मा गवर्नेस साहिबा। जो अब हमारे बीच नहीं रहा उसके भेद खोजने-खोदने को मैं तो पाप समझती हूँ।"

"वह यहीं मरी–इस महल में।"

"वह तो जी बस चली गयी।"

"बीमार होकर घर चली गयी? क्या हुआ?"

"बीमार नहीं हुई, बस चली गयी। एक दिन की छुट्टी लेकर गयी और फिर लौटी ही नहीं। बाद में ठाकुर साहब से मालूम हुआ कि वह मर गयी है।"

"उसे क्या बीमारी हुई है?"

"कुछ पता नहीं।" भौंरी ने कहा, "अब आप आराम कीजिए गवर्नेस साहिबा, ग्यारह बजने को हैं।"

मगर उस रात मैं आराम नहीं कर सकी।

●●

अगले दिन कँवर जबर सिंह अपने स्कूल से लौट आये। उनसे मिलने पर

मुझे फिर यही महसूस हुआ कि यहाँ दुनिया से दूर रहते हुए मुझे कुछ भी उल्टा-सीधा सोचने का मर्ज हो गया है। इतने मासूम बच्चे के बारे में हँसी-मजाक में कही गयी किसी बात को लेकर मैं रातभर परेशान क्यों रही? जितना ही मैंने उसे देखा मुझे हेडमास्टर का वह पत्र एक भद्दा मजाक मालूम होने लगा। इतने अच्छे आचरण वाला, इतने सौम्य स्वभाव वाला बालक अगर किसी स्कूल से बर्खास्त किया गया है तो यही मानना होगा कि उस स्कूल में ही कुछ खराबी है। सम्भव है कि अपनी सिधाई और गैर-दुनियादारी की वजह से यह बदमाश लड़कों द्वारा बेवकूफ बना दिया गया हो। मैंने फैसला किया कि हेडमास्टर की चिट्ठी का कोई जवाब नहीं दूँगी। इसके बारे में लड़के के चाचा को भी कुछ नहीं लिखूँगी। मैं इस मासूम बच्चे को संसार के क्रूर और कठोर यथार्थ से हर चन्द बचाने की कोशिश करूँगी। अब यह किसी स्कूल में पढ़ने के लिए नहीं भेजा जायेगा। यह यहीं मेरे पास रहकर पढ़ेगा-लिखेगा। मैंने अपनी योजना भौंरी को सुनाई। उसने कहा कि यही ठीक रहेगा।

मुझे यह शिष्ट और सुन्दर बालक इतना अच्छा लगा कि मैं बयान नहीं कर सकती। इसके प्रति मैं ममता और करुणा से भर गयी। अब सोचती हूँ कि मैंने यह कैसी मूर्खता की। इतनी बड़ी जिम्मेदारी किस बूते अपने ऊपर ले ली? मगर तब मुझे यह उचित ही नहीं, दुर्निवार भी जान पड़ा। वहाँ उस खुशनुमा महल में उन दो खूबसूरत बच्चों के साथ खुली हवा में साँस लेना और सहजता में जीना मुझे किसी परी-कथा में स्थायी रूप से बस जाने से भी ज्यादा आकर्षक मालूम हुआ। मुझे इसमें कहीं कोई पेच, कोई परेशानी नजर नहीं आयी। राजश्री और जबर सिंह की मनमोहक मुसकानों के सामने जैसे मैं पूरी तरह निरस्त्र हो गयी। महल में मेरे ये आरम्भिक दिन मेरे जीवन के सबसे सुखद दिन थे। शायद ये इतने सुखद इसीलिए मालूम होते हों कि ठीक इनके बाद मेरे जीवन पर हमेशा के लिए एक साया पड़ गया। यह तूफ़ान से

पहले की शान्ति थी, यह बाघ के छलाँग मारने से पहले का ठहराव था।

रात को बच्चों को खाना खिलाकर और कहानियाँ सुनाकर सुला आने के बाद मैं रोजाना कुछ देर महल के अहाते में टहलने निकल जाती थी। यों अकेले घूमते हुए मैं कुछ ऐसे ख़यालों की दुनिया में जा सकती थी जिन्हें मैं असली दुनिया से दूर ही रखना चाहती थी। मैं यह सोचकर खुश हो सकती थी कि इन बच्चों की देख-रेख का पूरा जिम्मा मैंने जिस तरह सँभाल लिया है उससे वह कभी-न-कभी सन्तुष्ट होगा ही जो अपनी मोहक मुद्रा के प्रभाव से मुझे यहाँ घर से इतनी दूर चले आने के लिए राजी कर सका था। वह कभी आयेगा, यहाँ की सुव्यवस्था देखेगा, मेरी दृढ़ता और ममता की सराहना करेगा...और। 'और' पर पहुँचकर मैं ठिठक जाती थी। ठिठकते हुए मैं कल्पना करती थी कि किसी दिन मैं ऐसे ही ख़यालों में खोई-खोई घूम रही होऊँगी कि वह सहसा दूर कहीं दिखाई देगी और मैं इसी तरह जहाँ-की-तहाँ चित्रलिखित-सी खड़ी रह जाऊँगी।

उस रोज भी मैं ठिठककर यही सोच रही थी कि मैंने देखा कि मेरा विचार सहसा साकार हो उठा है। लॉन के पार महल की उस ऊँची मीनार से कोई मुझे देख रहा है। पहले तो मैं अपने विचार को साकार होता देखकर स्तब्ध हो गयी और फिर यह देखकर कि मुझे देखने वाला वह नहीं कोई और है। इस अनजान चेहरे की मौजूदगी ने ही जैसे उस निर्जन दृश्य को कुछ और निर्जन बना दिया। मैंने अपने को बहुत अकेला महसूस किया। मुझे अपने चारों ओर की सारी दुनिया ठहरी हुई मालूम हुई और मुझे बाग के फूलों की महक में एक अपरिचित-सी गन्ध के मिल जाने का अहसास हुआ। मैं न जाने क्यों मौत के बारे में सोचने लगी। फिर मैंने अपने को किसी तरह सँभाला और उस आदमी को गौर से देखा जो मीनार की ऊँचाई से मेरी काया को अपनी दृष्टि से बाँधे हुए था। मैंने उसके चेहरे का अपने परिचित चेहरों से मिलान किया मगर कुछ हासिल नहीं हुआ। मैंने एक-एक करके उन दर्जनों सम्भावनाओं को उल्टा-पल्टा जिनमें कोई भी इस अजनबी चेहरे की

उपस्थिति का युक्तियुक्त कारण सुझा सकती थी। लेकिन कोई भी मुझे जँची नहीं। रह-रहकर मन में यही सवाल उठा कि अगर यह आदमी इस महल में रहता है तो इसके बारे में मुझे अब तक कुछ क्यों नहीं बताया गया। एक बार मैंने सोचा कि चिल्लाकर उससे पूछूँ कि तुम कौन हो? लेकिन शायद उस तक मेरी आवाज पहुँच नहीं पाती। वह अपलक मुझे देख रहा था। दोनों हाथ मुँडेर पर रखकर, निगाह बराबर मुझ पर जमाए हुए वह बगैर मुड़े पीछे हटता गया, हटता गया और सहसा अदृश हो गया।

●●

काफी देर तक मैं जहाँ की तहाँ खड़ी हुई उस मीनार की ओर उसकी सीढ़ियों को देखती रही। लेकिन फिर वह दिखाई नहीं दिया। मैं यों ही महल के चक्कर काटे चली गयी। सोचती रही कि क्या महल में कोई रहस्य है जो मुझे बताया नहीं गया है? कोई पागल या बीमार या भगोड़ा रिश्तेदार यहाँ दुनिया की नजरों से छिपाकर रखा जा रहा है? इस सोच-विचार में मैंने उस लम्बे-चौड़े महल के न जाने कितने चक्कर काट दिये मगर न वह व्यक्ति मिला और न उसके सम्बन्ध में कोई सुराग ही हाथ लग सका। आखिर थक-हारकर मैं भीतर गयी। झाड़फानूस की रोशनी में दपदपाती आलीशान बैठक में कदम रखते ही मैं फिर रोजमर्रा की दुनिया में लौट आयी। भौंरी रोज की तरह मेरे लिए पान-पीड़ा लिए हुए बैठी थी। रोज की तरह वह मुसकराकर मेरा स्वागत कर रही थी और मानो उसकी मुसकान मुझसे कह रही थी कि कैसा रहस्य, कहाँ का रहस्य, आप भी क्या पचड़ा ले बैठीं गवर्नेस साहिबा।

भौंरी ने कहा, “आज बहुत देर लगा दी आपने सैर-सपाटे में। ऐसे तो जुकाम- वुकाम हो जायेगा।”

इस स्वस्थ और सामान्य जिज्ञासा ने मेरे लिए सारे वातावरण को पहली बार अस्वस्थ और असामान्य बना दिया। मैं अब तक सारी घटना

से बिल्कुल नहीं डरी थी। मैंने यही माना था कि इसका कोई युक्तियुक्त कारण निश्चय ही रहा होगा। लेकिन अब जैसे मैं भीतर-ही-भीतर काँप उठी। मेरा यह आधार अस्वाभाविक था लेकिन तब मुझे यह सर्वथा उचित जान पड़ा। मैंने भौंरी से घटना का कोई जिक्र न करने का फैसला कर डाला। देर से लौटने का मैंने झूठा-सच्चा बहाना गढ़कर सुना दिया और कहा, "जुकाम लगने का तो बहाना है। आज काफी सर्दी थी बाहर। तो अब बिस्तरे में घुस जाने में ही कल्याण है।" यह पहला मौका था जब मैंने सोने से पहले भौंरी से गपशप नहीं लड़ाई थी।

अब हर रोज मेरे एकान्त क्षण उसी एक घटना का विश्लेषण करने में बीतते। यह नहीं कि मैं बुरी तरह डर गयी थी—डर मुझे अब नाममात्र को भी नहीं था—बस यही कि मैं इस रहस्य की जड़ तक पहुँचना चाहती थी। मुझे जो थोड़ी परेशानी या घबराहट हो रही थी वह इसी वजह से कि यह रहस्य तमाम सोच-विचार के बावजूद एक रहस्य ही बना रह जा रहा था। मैंने परोक्ष रीति से थोड़ी पूछ-ताछ भी की। लेकिन किसी भी नौकर से ऐसी कोई सूचना नहीं मिली जो रहस्य को भेदने में सहायक हो सकती। महल में कोई ऐसा मसखरा या सिरफिरा नौकर भी नहीं था जो मैं यह मान लेती कि उसने मुझे यों ही डराने के लिए यह स्वाँग रचा होगा। मैं यही मानने को मजबूर थी कि मीनार पर खड़ा हुआ वह आदमी कोई बाहर वाला रहा होगा जो महल देखने की, या चोरी करने की, या किसी से मिलने की नीयत से आया होगा और उसी तरह छिपकर भाग निकला होगा जिस तरह छिपकर वह घुसा होगा। लेकिन कहाँ से वह भीतर आया और कहाँ से भागा। हर युक्ति-शृंखला के आगे प्रश्न-चिह्न आ खड़ा होता।

यह गनीमत थी कि मेरा ज्यादातर समय बच्चों की देख-रेख में बीत जाता था। उनको पढ़ाते-लिखाते हुए, उनके साथ सैर-सपाटे के लिए जाते हुए, उनके साथ नाचते-गाते हुए मुझे अपनी सारी आशंकाएँ निराधार प्रतीत होने लगती थीं। हर दिन उनके सुन्दर व्यक्तित्व का

कोई नया आकर्षक पहलू मेरे सामने प्रकट होता था। हर दिन मैं अपने को उनके और अधिक निकट महसूस करती थी। जहाँ वे बच्चे होते वहाँ चारों ओर मुझे प्यार का ऐसा संसार नजर आता जिसमें भेद या रहस्य के लिए कोई स्थान हो ही नहीं सकता था। यह दुनिया हर छिपाव और दुराव से परे थी। अलबत्ता यह सोचकर मुझे कभी-कभी ताज्जुब होता था कि कँवर जबर सिंह अपने स्कूल की कोई बात कभी भूले से भी क्यों नहीं करता। बच्चों के सन्दर्भ में अतीत की, या इतिहास की बात कहना कुछ विचित्र लग सकता है, मगर हर बच्चे का आखिर अपने उस सीमित अतीत से थोड़ा-बहुत तो लगाव होता। मगर यह बच्चा था कि अपनी अब तक की जिन्दगी की कभी कोई बात ही नहीं करता था। उसने कभी यह भी नहीं पूछा कि उसे अब पढ़ने के लिए कहाँ भेजा जायेगा। वह तो बस वर्तमान में रह रहा था और इस वर्तमान को मेरे लिए भी नितान्त प्रीतिकर बना रहा था। उसका मुझ पर ऐसा जादू चला था कि मैं उससे कभी प्यार-पुचकार कर स्कूल से बर्खास्त किये जाने का कारण पूछने की स्त्री-सुलभ वृत्ति पर भी विजय पा सकी।

एक मंगलवार को हम सब हनुमान मन्दिर जाने वाले थे लेकिन सवेरे से ही जोरों की बारिश होने लगी। मैंने भौंरी से कहा कि मौका लगा तो हम दोनों शाम के समय वहाँ हो आयेंगी। शाम को बारिश थमी तो मैं जल्दी-जल्दी मन्दिर जाने के लिए तैयार हो गयी। इसी हड़बड़ में साड़ी एक कील से उलझकर फट गयी। मैंने एक साड़ी इस्तरी कराने के लिए भौंरी को दे रखी थी। सोचा उसे ले आऊँ और भौंरी से भी तैयार हो जाने के लिए कहूँ। साड़ी भौंरी के कमरे में इस्तरी करी हुई रखी थी यह मैंने बाहर से ही देख लिया। मगर भौंरी कहीं नजर नहीं आयी। उसे ढूँढ़ने के लिए निगाह इधर-उधर दौड़ाई तो सामने खिड़की के काँच से मुँह चिपकाए भीतर को झाँकता हुआ कोई नजर आया।

मैं लपककर कमरे में घुसी। बादल होने के कारण रोशनी बहुत कम

थी मगर उस धुँधलके में भी मैं इतना तो देख ही सकी कि खिड़की पर चिपका यह चेहरा वही है जो उस दिन मीनार पर मँडरा रहा था। मुझे जाने क्यों यह अनुभूति हुई कि इस घिनौने किन्तु...तो...भी...आकर्षक चेहरे को मैं दूसरी बार नहीं, हजारवीं बार देख रही हूँ। इस बार इस चेहरे की आँखें मुझे अपलक नहीं देखती रहीं। वह सारे कमरे में घूम गयीं और फिर खिड़की से हट गयीं। मैंने महसूस किया कि उसे मेरी नहीं किसी और की तलाश है, मगर इस अनुभूति से मुझे राहत नहीं मिली। उल्टे मेरा भय कुछ और बढ़ गया।

मगर इसी भय ने मुझे साहस दिया। मैं कमरे से फौरन बाहर निकली और वहाँ पहुँच गयी जहाँ खड़ा होकर वह खिड़की से झाँक रहा था। लेकिन अब वहाँ कोई नहीं था। मैंने दूर-दूर तक उसे ढूँढ़ा। छिप सकने के हर स्थान में उसकी खोज की। मगर वह मिला नहीं। तभी मुझे यह सूझी कि उसी की तरह खिड़की के काँच से मुँह चिपकाकर भीतर झाँकूँ। कम-से-कम यह तो मालूम करूँ कि वह देख क्या रहा था। मैं खिड़की के पास खड़ी हो गयी। उचककर मैंने अपना चेहरा खिड़की के काँच से चिपका दिया। क्या देखती हूँ कि भौंरी उसी तरह कमरे में घुस रही है, जिस तरह अभी थोड़ी देर पहले मैं घुसी थी। मेरी ही तरह उसकी दृष्टि भी खिड़की की ओर उठी है। उसने भी अब काँच से चिपका हुआ चेहरा देखा है। और वह भी बुरी तरह डर गयी है।

और तब मुझे यह ख़याल आया कि भौंरी खिड़की से चिपका हुआ जो चेहरा देख रही है वह किसी अजनबी का नहीं, मेरा है। मुझे देखकर डरने की क्या बात हो सकती है!

●●

थोड़ी देर बाद भौंरी कमरे से बाहर आयी और बोली, "आपको क्या हो गया है। गवर्नेस साहिबा!"

यही सवाल मैं भी उससे कर सकती थी। वह बुरी तरह काँप रही

थी। मैंने उसे अपने बिल्कुल नजदीक आने दिया। और तब उसका हाथ अपने हाथ में लेकर कहा, "मुझे तो कुछ भी नहीं हुआ है।"

"आपका चेहरा गवर्नेस साहिबा..."

"मेरा चेहरा? मेरे चेहरे को क्या हुआ!" मैंने टोकते हुए कहा, "चेहरा तो तुम अपना देखो जरा आईने में, कितना मुर्दार हो रहा है!"

"मैं तो आपका चेहरा देख कर डर गयी। खिड़की के काँच के उस पार से यह बिल्कुल भुतहा नजर आ रहा था।"

"तुम तो मेरा ही चेहरा देखकर डर गयीं!" मैंने रहस्योद्‌घाटन कर ही देने का फैसला किया, "मुझे ठीक उसी जगह से इसी खिड़की पर चिपका हुआ एक ऐसा चेहरा कुछ ही देर पहले नजर आया था कि तुम देखतीं तो शायद तुम्हारे प्राण ही छूट जाते।"

भौंरी की गदोलियाँ मेरी गदोलियों पर कुछ कस गयीं, काँपती हुई आवाज में उसने पूछा, "किस का चेहरा?"

"एक अजीब-से आदमी का।"

"कौन आदमी?"

"मैं उसे जानती नहीं!"

"कहाँ गया?"

"बस गायब हो गया!"

"आपने पहले भी कभी देखा है उसे?"

"हाँ, एक बार, रात के वक्त, मीनार पर।"

भौंरी ने शिकायती स्वर में कहा, "और आपने अब तक मुझे कुछ बताया भी नहीं!"

मैंने उसकी आँखों में आँखें डालते हुए कहा, "मैं तो यही समझी कि तुम्हें कुछ बताने की जरूरत नहीं है भौंरी। तुम सब कुछ जानती हो।"

"मैं कुछ नहीं जानती गवर्नेस साहिबा, परमात्मा की सौगन्ध, मैं कुछ नहीं जानती। यह आदमी जो आपने देखा वह कैसा था?"

"न देखने लायक, और एक बार देख लेने पर कभी न भुलाया

जा सकने वाला।"

"ऊँची जाति का मालूम होता था कि नीची जाति का?"

"न ऊँची जाति और न नीची जाति का।"

"गीदड़ सिंह था?"

"गीदड़ सिंह? क्या माने?"

"घणी खम्मा गवर्नेस साहिबा। हम लोग खवासवाल को यानी ठाकुर और खवासन की सन्तान को मजाक में गीदड़ सिंह कहते हैं। मेरा मतलब है क्या वह दोगला मालूम होता था?"

"मुझे तो, भौंरी, वह आदमजात ही नहीं मालूम होता था। वह इंसान और शैतान की औलाद नजर आ रहा था। लम्बा-चौड़ा, बलिष्ठ, तीखे नाक-नक्श वाला, और...और भयंकर रूप से सुन्दर। बेहयाई और...और बदतमीजी की हद तक खूबसूरत।"

"तो आप पर भी उसका जादू चल गया। आप भी लट्टू हो गयीं गनर्वेस साहिबा!" भौंरी ने पागलों की तरह हँसना शुरू कर दिया।

मैंने उसे झकझोरते हुए काफी क्रुद्ध स्वर में कहा, "भौंरी यह हँसना, पहेलियाँ बुझवाना, बकवास करना बन्द करो। जो कुछ जानती हो सच-सच बताओ। मैं कोई बुजदिल औरत नहीं जो पहले की गवर्नेसों की तरह तुम्हारे और उस बेहया आदमी के नाटक से घबरा कर भाग जाऊँगी। अगर सचमुच कोई रहस्य की या भेद की बात है तो वह मैं तुमसे मालूम करके रहूँगी।"

मगर भौंरी हँसती ही चली गयी। धीरे-धीरे हँसी का यह दौरा शान्त हुआ। उसके शान्त होने के बाद भी भौंरी की पसलियाँ हिचकोले खाती रहीं और खक-खक-खक की मरी-मरी-सी आवाज उसके मुँह से निकलती रही। उसकी आँखों में हँसते-हँसते पानी छलछला गया था। उसने अपने को संयत किया। सामने लॉन के हौज से पानी लेकर मुँह धोया। और फिर लौटकर शान्त स्वर में बोली, "घणी खम्मा गवर्नेस साहिबा। हमारी बड़ी-बूढ़ियों ने तो यही बताया था कि अच्छी दावड़ी

वह जो भेद की बातें जानने की कोशिश ही न करे। ठाकुर-ठकुराइन की सेवा करे मगर उनकी जिन्दगी में उलझने की, उनके भेद लेने-देने की बेवकूफी हरगिज न करे।"

"देखो भौंरी, तुम मुझसे बनो मत और न मुझे बनाने की कोशिश करो। मैं इतना ही कह रही हूँ, कि तुम्हें इस महल के बारे में कुछ मालूम है जो तुम मुझसे छिपा रही हो मैं यहाँ दो अबोध, अनाथ बच्चों की देखरेख के लिए नियुक्त की गयी हूँ, इसलिए जरूरी है कि मुझसे कोई बात छिपाई न जाये। मैं इस सारे रहस्य को जानना चाहती हूँ।"

भौंरी हँस पड़ी। मुझे एक बार तो यह अन्देशा होने लगा कि इसे फिर वही हिस्टिरिया जैसा दौरा पड़ने वाला है। लेकिन कुछ ही देर में उसने अपने को सँभाल लिया। उसने बड़े नखरे से कहा, "घणी खम्मा गवर्नेस साहिबा, रजवाड़ों के महल में कोई रहस्य भी होगा तो रसीला-रंगीला ही होगा!"

"क्या मतलब?" मैंने तुनक कर पूछा।

"मतलब तो गवर्नेस साहिबा कुछ भी नहीं होता फिर भी बहुत कुछ होता है। रास-रंग, मौज-मस्ती, डटकर खाना और छक कर पीना इसी का नाम जिन्दगी है और जिन्दगी का मतलब तो बड़े-बड़े सिद्धों के हाथ नहीं लग सका। मुझ गँवार की क्या बिसात!"

"मैं तुझसे जिन्दगी का मतलब नहीं पूछ रही हूँ भौंरी!" मैंने दृढ़ स्वर में कहा, "मैं सिर्फ यह जानना चाहती हूँ कि वह कौन था?"

"उसकी बात मैं क्या बताऊँ, उसकी माँ का नाम तो पता है, बाप का नहीं। माँ तो मेरी तरह ही दावड़ी थी–नाम दाखी था लेकिन हमारे दरबार के पिताजी उसे मखमली कह कर पुकारते थे। दोनों ही नाम ठीक थे। वह दाख की शराब की तरह मीठी थी और मखमल जैसी मुलायम भी! ऐसी थी उसकी माँ और बाप भी कोई छैल-कँवर ही रहा होगा। घणी खम्मा गवर्नेस साहिबा आपने तो देखा ही होगा, पूरा बाँका छैला है वह।"

मुझे ये बातें भी खासी पहेलीनुमा प्रतीत हुईं। मगर मैंने कुछ कहा नहीं। फिर भौंरी बोली, "कपड़े भी वह रईसों वाले पहना हुआ होगा।"

"हाँ!" मैंने संक्षिप्त-सा जवाब दिया, "मगर वह था कौन?"

"हमारे दरबार तो उसे अपना खास यार समझते थे। कभी-कभी ऐसा मालूम होता कि मालिक और नौकर नहीं, दो भाई हों। दरबार के ही कपड़े पहनकर आया होगा वह। दरबार की जिस पोशाक की वह तारीफ कर देता, दरबार देर-सबेर वह पोशाक उसे ही दे देते। पता नहीं उसने दरबार पर क्या जादू कर रखा था।"

मैं खीझ उठी, "तुम्हारी उसने... उसने से तो मैं परेशान हो उठी हूँ। आखिर उसका कोई नाम रहा होगा।"

"उसका नाम? नाम में कोई भेद की बात नहीं है, भेद की बात तो उसके काम में ही थी। नाम तो उसका बिल्कुल मामूली था—रोड़ा। लेकिन रोब-दाब उसका खानदानी राजपूत से भी कुछ ज्यादा ही था। दरबार के गुजर जाने के बाद वही इस महल का नौकर और मालिक दोनों बना रहा।"

"फिर क्या हुआ?"

"फिर वह भी चला गया।"

"कहाँ चला गया?"

"जहाँ सब चले गये। जहाँ इस महल के वे सारे रंगीन दिन और रंगीन रातें चली गयीं। वहाँ।"

"वह मर गया? कैसे?"

"कैसे यह तो भगवान ही जाने। बस मर गया। चला गया!"

"और यह जो आज आया था, वह? वह क्या प्रेत था!"

"प्रेत ही होगा!" भौंरी ने खिलखिला कर कहा, "यहाँ तो गवर्नेस साहिबा जो भी आपको दिखेगा प्रेत ही होगा। मुझे भी ध्यान से देख लीजिए। कभी-कभी तो मुझे अपने बारे में भी शक होने लगता है कि मैं जिन्दा हूँ, या मरी हुई!"

●●

भौंरी ने जो रहस्योद्घाटन किया वह रहस्य को मेरे लिए कुछ और भी गहरा कर गया। मुझे स्वयं भौंरी कुछ रहस्यमयी मालूम होने लगी। ज्यादातर समय उसका शान्त और स्वामीभक्तिपूर्ण रूप ही सामने आता था। लेकिन सोचने पर मुझे लगा कि वह बीच-बीच में एक सर्वथा भिन्न रूप में भी मेरे सामने आयी। तब उसकी आँखों की चमक और उसका नाज-नखरा रंगभवन की याद दिलाने लगता था। यों सामान्यतः उसे देखकर यही लगता था कि उसकी अब तक की सारी जिन्दगी रसोई में ही बीती होगी।

उस रात मैं कमरे में बैठी हुई इसी सवाल पर विचार कर रही थी कि भौंरी आ गयी। शाम के आचरण के लिए वह माफी माँगने लगी। और उसने कुछ ऐसा संकेत दिया कि वह उस समय होश में नहीं थी। उसने कहा कि मैं इस गुत्थी को सुलझाने में आपकी पूरी मदद करूँगी; आप जो कुछ जानना चाहेंगी सो बताऊँगी, और जैसा बताएँगी वैसा करूँगी। वह इस समय इतनी भोली और नेक लग रही थी, और मैं खुद इतनी घबराई हुई और परेशान थी कि उसकी इन बातों से मुझे बहुत सहारा मिला। मैंने मन-ही-मन फैसला किया कि भौंरी की मदद से इस रहस्य की तह तक पहुँचूँगी, इस मामले के बारे में चमनसिंह जी को कोई सूचना नहीं दूँगी, और दोनों बच्चों को इस रहस्य से बचाये रखने की हर चन्द कोशिश करूँगी। अब सोचती हूँ कि मेरा यह साहस कितना मूर्खतापूर्ण था।

भौंरी से मैंने उस प्रेत चेहरे के बारे में कई बार चर्चा की। वह बता चुकी थी कि स्वयं उसने इस महल में कभी कोई प्रेत देखा नहीं है। इतना जरूर है कि बाहर के लोगों को यहाँ रहने में डर लगता है। इसी वजह से बीच में कुछ गवर्नेस दस-पन्द्रह दिन में ही काम छोड़कर चली गयीं। लेकिन ऐसा डर तो इतने बड़े सूने महल में रहने के कारण

औरतों को यों भी लग सकता है।

मैंने भी यह मानने की कोशिश की जिसे मैं पुराने खवास का प्रेत समझ बैठी हूँ। वह बाहर से आया हुआ कोई चोर-उचक्का हो सकता है। लेकिन वह उचक्का भीतर आया कैसे और बाहर गया कैसे। पलक झपकते ही वह गायब कैसे हो गया। इस चेहरे का मैंने जो वर्णन किया वह भौंरी को पुराने खवास रोड़ा के चेहरे से बिल्कुल मिलता-जुलता मालूम हुआ—सो कैसे? अवश्य ही वह खिड़की से झाँकता चेहरा रोड़ा के प्रेत का रहा होगा। और उसकी वे कुछ खोजती हुई-सी आँखें...किसे खोज रही थीं? भौंरी को? असम्भव! मुझे? मुझसे उसे क्या लेना-देना है? तो उन बच्चों को? मुझे जाने क्यों यही उत्तर सही प्रतीत हुआ। मैंने भौंरी को बताया तो वह पहले इस आशंका को बेबुनियाद ठहराती रही। लेकिन जब मैंने जोर देकर कहा, "यह सच है और तुम भी जानती हो कि यह सच है।" तब उसे कँपकँपी-सी छूटने लगी।

मैंने भौंरी से पूछा, "क्या बच्चे रोड़ा से हिले हुए थे?"

"राजश्री तो खैर तब बहुत छोटी थी। हाँ कँवर जबर सिंह जी की जरूर उससे खूब छनती थी।"

"ताज्जुब है कि उन्होंने कभी मुझसे उसका कोई जिक्र ही नहीं किया। ये बच्चे अपने अब तक के जीवन के बारे में कभी कोई बात ही नहीं करते। क्या इन्हें अपने माँ-बाप की भी याद नहीं आती?"

"माँ को तो इन्होंने देखा ही बहुत कम वह बीमार थी और बच्चों को बहुत छोटा छोड़ कर गुजर गयीं। और दरबार भी बच्चों के लिए समय कम ही निकाल पाते थे।"

"कितना भी कम देखा हो, माँ-बाप आखिर माँ-बाप होते हैं। उनकी कभी तो याद आनी चाहिए। और इस रोड़ा के साथ, पिछली गवर्नेस के साथ तो यह खूब खेले और रहे हैं।"

"हाँ, खूब ही खेले हैं।" भौंरी की आँखों में फिर वही विचित्र चमक आ गयी, "वह गींदड़ सिह हमारे दरबार का ही नहीं, कँवर साहब का

भी खास दोस्त था।"

"क्या बकवास करती हो!"

"बकवास नहीं, सच कहती हूँ। यह सच है कि जो भी रोड़ा से मिला वह रोड़ा का खास दोस्त बन कर रहा। वह इस महल के धड़कते हर दिल का बादशाह बना।"

"तुम्हारे कहने का मतलब है कि वह बदचलन था।"

"कोई उसके चलन समझ सका हो तभी बद या नेक का फैसला करे। वह बहुत गहरा आदमी था। क्या जाने पापी था कि पुण्यात्मा। सिद्ध वह जरूर था कहते हैं कि उसने जोगी-जोगड़ों की भी बहुत संगत की थी।"

"तुम्हें कभी इस बात का ख़याल नहीं आया कि मासूम बच्चे उसकी सोहबत में बिगड़ जायेंगे।"

"मासूम बच्चे हमारे दरबार ने खुद उसके जिम्मे सौंपे थे। और दरबार को उसके खिलाफ कुछ भी सुनना मंजूर नहीं था।"

"मुझे अब एक ही सवाल और पूछना था। यह रोड़ा मरा कैसे?"

मेरी बात का जवाब देते हुए भौंरी काँप उठी, यद्यपि उसका जवाब कतई खौफनाक नहीं था, अपनी गढ़ी से तीन कोस दूर जंगल में किसी छतरी का खँडहर है। वहाँ एक जोगी धूनी रमाया करता था। रोड़ा भी हफ्ते-दो हफ्ते में एक बार अमलचियों-गंजेड़ियों की सोहबत करने इस जोगी के पास जाता रहता था। एक रात वहीं से लौटते हुए सूखे नाले में गिर कर उसकी मौत हो गयी।"

"इसमें ऐसी क्या बात है जो तुम काँप रही हो भौंरी?"

"मैं काँप नहीं रही हूँ गवर्नेस साहिबा। बस यही है कि रोड़ा के बारे में आज भी किसी से कुछ कहते हुए डर लगता है। मैं भी दुनिया देखी हुई औरत हूँ। अच्छे-बुरे नेक और कमीने सब तरह के आदमियों से मेरा पाला पड़ा है। मगर रोड़ा—उस जैसा कोई न देखा, न सुना। पुण्य कमा कर लोग जैसे सिद्ध हो जाते हैं कुछ वैसे ही शायद पाप

कमा कर भी हो जाते होंगे। वह पहुँचा हुआ आदमी था। खराब से खराब नशा, बुरा से बुरा काम उसके तन या मन पर कोई दाग नहीं छोड़ पाता था। यह मानने को मन नहीं करता कि वह नशे से चूर हो कर नाले में गिरा होगा। मुझे तो लगता है..."

"क्या लगता है?"

"कि वह मरा नहीं, चला गया। अकेलेपन से ऊब कर अपने पुराने साथियों के पास चला गया।"

मेरा सारा जीवन मध्यवर्ग के दबे-ढके परिवेश में बीता था। मामूली पापों से तब तक मेरा कभी कोई सीधा परिचय नहीं हुआ था, उन गैर-मामूली पापों की तो खैर बात ही छोड़ दीजिए जो पापी को सिद्धावस्था में पहुँचा सकते हों। इसलिए मुझे भौंरी की ये बातें बहुत ही बेतुकी मालूम हुईं। मुझे लगा कि यह भौंरी अपने होश में नहीं है। मुझे पूरा शक हुआ कि यह भी कोई नशा करती है और उसके प्रभाव में ही ये तमाम उल्टी-सीधी बातें मुझे सुनाती है। या शायद यह मुझे जान-बूझ कर डराना चाहती और वह अजनबी चेहरा और किसी का नहीं इस भौंरी के ही किसी मित्र या नातेदार का है। या हो सकता है कि मुझे डरा कर भगाने के लिए यह खुद ही अजनबी चेहरा बनाकर आती हो। जो हो, मैं उस समय भौंरी की कुछ और बकवास सुनने के लिए, और अधिक घबरा उठने के लिए तैयार नहीं थी। मैंने उसे विदा किया और बत्ती बुझा कर बिस्तर की शरण चली गयी। मैंने फ़ैसला किया कि यह जो भयप्रद रहस्य है, उससे अपने को और इन बच्चों को बचाने के लिए मुझे साहस और आत्मविश्वास से काम लेना होगा। एक प्रेत से निपटने के लिए, अगर वह सचमुच प्रेत ही हो तो भी, मैं अकेली ही काफी हूँ।

लेकिन अगले ही दिन मालूम हुआ कि प्रेत अकेला नहीं है।

तीसरे पहर हम लोग अक्सर महल के लम्बे-चौड़े उद्यानों में खेलने जाते थे। उस दिन पिछवाड़े के उद्यान के सिरे पर बनी हुई तलैया तक

जाने का प्रोग्राम बना। लेकिन ऐन मौके पर कँवर जबर सिंह ने यह कह दिया कि मुझे तो सिरदर्द हो रहा है, आपकी अनुमति हो तो मैं यहीं कमरे में बैठा पढ़ता रहूँ। इस पर मैंने प्रोग्राम रद्‌द कर देने की बात कही, मगर राजश्री 'बंगाल की खाड़ी' की सैर के लिए जिद करती रही– भूगोल पाठ शुरू करने के बाद हम ने उस तलैया को यही नाम दे दिया था–और कँवर जबर सिंह निहायत बुजुर्गाना अन्दाज में बोला, "बच्ची का मन रख लीजिए गवर्नेस साहिबा। आप लोग जाइए। सिरदर्द कुछ कम होते ही मैं भी आ जाऊँगा।" तो मैं और राजश्री 'बंगाल की खाड़ी' की ओर चल पड़े। जबर सिंह अपने कमरे की खिड़की से देर तक हमें हाथ हिलाता रहा। बाद में मैंने देखा कि वह खिड़की पर ही कोई किताब खोल कर बैठ गया मगर उसकी आँखें किताब पर नहीं हम लोगों पर ही लगी हुई हैं।

बंगाल की खाड़ी के पास पहुँच कर राजश्री ने थोड़ी देर तक तो कागज की नावें बनाने और तैराने का खेल खेला। फिर वह अपने बिल्डिंग ब्लाकों को ले कर बैठ गयी। काठ के टुकड़ों को एक-दूसरे पर रखने और जमाने में वह कुछ इतनी मगन हुई कि मैंने भी उसके काम में विघ्न डालना ठीक नहीं समझा। मैंने अपना कसीदाकारी का काम शुरू कर दिया। चारों ओर एक अजीब शान्ति थी। उद्यान के इस हिस्से में जगह-जगह कुंज बने हुए थे और इन कुंजों के तले धूप-छाँह चित्रकारी में जुटी हुई थी। सारा वातावरण जैसे एक खामोश लोरी से व्याप्त था। मुझे कुछ ऊँघ-सी आने लगी। तभी मैं सहसा चौकन्नी हुई। मुझे ऊँघते हुए जाने क्यों लगा था कि वातावरण में कोई परिवर्त्तन हुआ है, लेकिन देखा कि हर चीज जहाँ-की-तहाँ है। मैं फिर कसीदाकारी में व्यस्त हो गयी। थोड़ी देर बाद जाने क्यों फिर वही विचित्र-सी अनुभूति हुई। इस बार मुझे लगा कि हमारे अलावा भी कोई यहाँ मौजूद है। लेकिन था कोई नहीं। राजश्री वैसे ही काठ के टुकड़ों को लेकर मगन थी और आस-पास दूर तक कोई नहीं था। बल्कि अब तो खिड़की पर

बैठा हुआ जबर सिंह भी नजर नहीं आ रहा था—शायद सिर-दर्द बढ़ने के कारण वह अपनी खाट पर लेट गया हो। मैंने फिर कसीदाकारी में मन लगाने की कोशिश की मगर मन माना नहीं। इस बार एक झटके से मैंने सिर जो उठाया तो देखा 'बंगाल की खाड़ी' के उस पार सचमुच कोई है। मुझे चिन्ता हुई कि राजश्री कहीं इसे देखकर डर न गयी हो, लेकिन मैंने लक्ष्य किया कि राजश्री अपनी आँखें लकड़ी के टुकड़ों पर और कनखियाँ तलैया के पार खड़ी उस छाया पर कुछ इस तरह लगाए हुए है मानो वह सब कुछ देखते हुए भी गवर्नेस साहिबा की खातिर न देखने का अभिनय भर करना जरूरी समझती हो।

●●

इस घटना के बाद ज्यों ही भौंरी मुझे एकान्त में मिली मेरा सारा साहस-संकल्प छूट गया। अधीर स्वर में मैंने कहा, "वे सब कुछ जानते हैं भौंरी, और जान कर अनजान बने हुए हैं, वे सब कुछ जानते हैं—सब कुछ, सब कुछ।"

भौंरी ने मुझे टोकते हुए पूछा, "कौन जानते हैं और क्या जानते हैं?"

"ये बच्चे। मैंने खुद अपनी आँखों से देखा। आज दिन-दहाड़े, उस तलैया के पार। नन्ही राजश्री देख रही थी मगर ऐसी बन रही थी जैसे कुछ देख ही न रही हो।"

"आपका मतलब है कि तलैया के पार वह खड़ा हुआ था?"

"हुआ था नहीं, हुई थी कहो!" मैंने लगभग चीखते हुए कहा, "काले कपड़े पहने हुई साक्षात चुड़ैल।"

"आयी कहाँ से?"

"पता नहीं। बस चुपचाप प्रकट हो गयी और देखते-ही-देखते गायब भी हो गयी।"

"आपने नजदीक से देखा उसे?"

"नहीं, वह काफी दूर थी मुझसे। मगर मुझे बराबर यही महसूस

हुआ कि किन्हीं अदृश्य हाथों से वह मुझे और राजश्री को घेरे हुए है, छू रही है। मैं उसे नहीं जानती लेकिन राजश्री अवश्य ही उससे परिचित है। तभी तो वह जरा भी डरी नहीं। ऐसी औरत कौन हो सकती है?"

"वह कैसी दिखती थी?" भौंरी ने सवाल किया।

"चुड़ैल जैसी। वासना की किसी घिनौनी मूरत जैसी! वह बदजात और फाहशा लगती थी।"

"यह आप बोल रही हैं, गवर्नेस साहिबा, या आपकी झुँझलाहट? इतनी घिनौनी तो वह क्या होगी!"

"हो सकता है कि कुछ लोग उसे आकर्षक या सुन्दर भी कह सकते हों, लेकिन भले घरों में उसे घुसने नहीं दिया जाये। "शायद यहाँ भी मैं भूल कर रही हूँ। वह इस घर में थी और यह घर भले लोगों का है।"

"क्या आप उसे जानती हैं, गवर्नेस साहिबा?"

"जानती तो नहीं, मगर अनुमान कर सकती हूँ कि वह इन बच्चों की गवर्नेस रह चुकी है।"

"आपका मतलब है वह पिछली गवर्नेस कामिनी बाई थी?"

"और ऐसा कौन हो सकता था जिसे राजश्री जानती रही हो! वह राजश्री की ओर आँखों से कुछ इशारा कर रही थी और राजश्री कनखियों से उसे बराबर देख रही थी।"

"कामिनी बाई आँखों-ही-आँखों में बात करने में माहिर थी।" भौंरी के चेहरे पर एक फीकी मुसकान खेल गयी।

"तुम मुझसे कुछ छुपाओ मत भौंरी। मुझे सब कुछ बता डालो।"

"घणी खम्मा गवर्नेस साहिबा कुछ बातें भली लड़कियों को बताई नहीं जातीं और आप तो भली ही नहीं, भोली भी हैं।"

"तुम्हें बताना ही होगा।"

"क्या बताऊँ? यह कि रोड़ा की कामिनी से बहुत पटती थी। हालाँकि कामिनी अच्छे कुल की थी, विधवा थी, उसे रोड़ा से सम्बन्ध रखने में कोई हिचक नहीं हुई। रोड़ा का जादू ही कुछ ऐसा था।"

मेरी आँखों के सामने तलैया के पार खड़ी उस औरत की सूरत नाच उठी और मैंने काफी घृणा से कहा, "अगर खुद उस कामिनी बाई ने ही इस मामले में पहल की हो तो कोई अचरज नहीं।"

"पहल की या नहीं—यह तो मैं कह नहीं सकती। लेकिन आखिर में भुगतना उसे ही पड़ा। इसी सम्बन्ध ने उसकी जान ले ली।"

"क्यों उसे क्या हुआ?"

"क्या हुआ यह किसे पता? इतना ही जानती हूँ कि उसकी ऐसी हालत हो गयी कि यहाँ सिर उठा कर वह रह नहीं सकती थी। उसके लिए जरूरी था कि फौरन चली जाये। उसका भेद छिपाए छिप नहीं सकता था लेकिन छोड़िए गवर्नेस साहिबा इस किस्से को। जो मर गये सो तर गये। अब हमें क्या मीन-मेख निकालना है।"

मैं कुछ देर इस पक्ष का विचार करती रही। फिर मैंने कहा, "मीन-मेख तो मैं भी नहीं निकालना चाहती, लेकिन मैं यह जरूर जानना चाहती हूँ कि रोड़ा और कामिनी के इन बच्चों से कैसे सम्बन्ध थे? मुझे पूरा विश्वास हो चला है कि वे इन से ही मिलने के लिए यहाँ आते हैं।"

"घणी खम्मा गवर्नेस साहिबा, आप बगैर सबूत ये बातें कह रही हैं बच्चे उन दोनों से हिले हुए थे। दरबार को इस मेलजोल में कभी कोई एतराज नहीं हुआ हम अब बगैर सबूत क्या एतराज करें।"

"तुमने कभी कँवर जबर सिंह को यह नहीं समझाया कि उसे रोड़ा जैसे बदनाम नौकर से ज्यादा मेल-जोल नहीं करना चाहिए। आखिर इन बच्चों की माँ तुम्हें मरते समय कुछ तो जिम्मेदारी सौंप गयी होंगी। दरबार के रहते तुमने एतराज नहीं किया, ठीक है। लेकिन दरबार के गुजर जाने के बाद तो तुम्हें हक था कि जबर सिंह जी को टोकतीं।"

"टोका था, मगर टका-सा जवाब मिल गया था।"

"क्या?"

"जब एक बदनाम नौकर की संगत उसे करनी ही पड़ती है

तबदूसरेकीक्योंनकरे।"

"एक बदनाम नौकर कौन? कामिनी बाई?"

"कामिनी बाई हो या भौंरी बाई!" भौंरी ने निश्वास छोड़ते हुए कहा, "नौकर तो सभी थे और नाम तो सब का ही बदनाम था।"

"इसके माने तो यह है कि कँवर जबर सिंह बस, दिखने के ही भोले हैं।"

"नहीं वह सचमुच भोले हैं। दोनों बच्चे ये बहुत ही अच्छे हैं।" भौंरी ने विह्वल स्वर में कहा, "आप मुझे गलत समझ रही हैं। इन बच्चों के खिलाफ मैं न कुछ कहना चाहती हूँ न सुनना चाहती हूँ। इनकी माँ ने मुझे मरते समय इनका हाथ पकड़वाया था। मुझ निपूती को ये प्राणों से भी ज्यादा प्यारे हैं। आप भी इन्हें प्यार करें। ये बेकार के वहम मन से निकाल दें गवर्नेस साहिबा, मैं आपके पाँव पड़ती हूँ। इन बच्चों को प्यार से पढ़ाएँ-लिखाएँ।"

भौंरी का यह एक तीसरा ही रूप सामने आ रहा था। मैं इससे कुछ प्रभावित जरूर हुई। कुछ दिन तक मैंने अपना सारा ध्यान जीते-जागते इन बच्चों पर लगा दिया और उन प्रेतों की चिन्ता छोड़ दी।

●●

दिन बीतते गये। कोई अप्रिय घटना नहीं घटी। मैं खुद यह मानने लगी कि मैंने जो अजनबी छायाएँ देखी थीं वे सचमुच छायाएँ ही थीं। मेरे मन का भ्रम था। अति-कल्पना का चमत्कार था। मैंने यह आवश्यक समझा कि बच्चों को अपने बेबुनियाद सन्देहों का कोई आभास न होने दूँ। धीरे-धीरे मैं उनके प्रति लगभग पूरी तरह आश्वस्त हो गयी। फिर एक रात मेरी नींद सहसा टूट गयी। मुझे लगा कि कहीं नाच-गाना हो रहा है, नशे से धुत लोग कहकहे लगा रहे हैं। इधर-उधर देखा कहीं कुछ नजर नहीं आया। मुझे विश्वास था कि आवाजें मैंने सुनी हैं लेकिन अब चारों ओर शान्ति थी। मैं उस दिशा की ओर बढ़ी जिस

दिशा से आवाजें आ रही थीं। तंग अँधेरे गलियारे में आगे बढ़ते हुए मैंने फिर वही आवाजें सुनीं। मैं तेजी से बढ़ती गयी। पता नहीं कब मैं बाकायदा दौड़ने लगी, जैसे इस बार तो रहस्य को रंगे हाथों पकड़ कर रहूँगी। गलियारा मुझे महल के उस हिस्से में ले गया जिसमें अब कोई रहता नहीं था। इस हिस्से से मैं ठीक से परिचित भी नहीं थी। अँधेरे में दौड़ते हुए मैं जाने किस चीज से टकराकर गिर गयी। मुझे तो यही महसूस हुआ कि किसी आदमी ने लँगड़ी दी है। लेकिन आदमी वहाँ कोई था नहीं। मेरे घुटने छिल गये और पैर में मोच आ गयी। लँगड़ाती-लड़खड़ाती मैं आगे बढ़ती ही गयी। आखिर एक बड़े-से दरवाजे पर गलियारा खत्म हुआ और उस दरवाजे की कुण्डी पर मैंने एक बड़ा-सा ताला झूलता हुआ पाया। मैंने सोचा कि शायद कोई और रास्ता हो अन्दर जाने का। इधर-उधर काफी देखा-भाला मगर कोई भी खुला दरवाजा या खुली खिड़की नहीं मिली।

अगले दिन अपने लँगड़ाने की वजह बताना जरूरी हो जाने पर मैंने भौंरी को सारा किस्सा सुना दिया। उसने कहा कि जिस बड़े दरवाजे का आप जिक्र कर रही हैं वह रंगभवन का है, उसी की बगल में पोथीखाना है। मैंने महल का यह हिस्सा देखने की इच्छा व्यक्त की। तो उस रात बच्चों के सो जाने पर भौंरी चाबी का गुच्छा और लालटेन लेकर आयी। उसने रंगभवन खोलकर मुझे दिखाया। यह एक भव्य कक्ष था। सजावट ऐसी कि बस देखते ही रहो। लेकिन मुझे सजावट से कोई दिलचस्पी नहीं थी। मैं तो यह देखना चाहती थी कि इस कमरे में आने के लिए कोई चोर दरवाजा या सुरंग तो नहीं है। लेकिन पूरी जाँच के बाद मैं इसी नतीजे पर पहुँची कि ऐसा कोई रास्ता नहीं जिससे रात में कोई इसके भीतर घुस सका हो। भौंरी ने कहा, “मैंने तो आप से पहले ही कह दिया था गवर्नेस साहिबा कि आपको वहम हुआ है। अब यहाँ तक आयी हैं तो पोथीखाना भी देखती जाइए।”

हम पोथीखाने में पहुँचे। राजस्थानी शैली के कई बेहतरीन चित्र

दीवारों पर टँगे हुए थे। कई अलमारियाँ पुस्तकों से भरी पड़ी थीं। और सचित्र पांडुलिपियों का भी बेहतरीन संग्रह था। मैंने गौर किया कि अधिकतर पुस्तकें और पांडुलिपियाँ अघोर-पन्थ, तन्त्र और यौन के विषय में थीं। भौंरी कुछ पोथियों को काफी दिलचस्पी से पलट रही थी। मुझे अजीब-अजीब-सा होने लगा। मैंने चलने को कहा तभी भौंरी ने पांडुलिपि मेरे सामने खोलकर रख दी। उसमें वे दोनों चेहरे अंकित थे जो मैं इधर देख चुकी थी। उन छायाओं को एक-दूसरे छाया-रूप में सामने देखकर—और वह भी एक वीभत्स मुद्रा में—मेरा दिल धक से रह गया। पहली बार मैंने अपने मन में पलते हुए भय का पूर्ण साक्षात्कार किया। मैं भाग खड़ी हुई। अपने कमरे में पहुँचकर, दरवाजे-खिड़कियाँ बन्द करने के बाद ही मैंने दम लिया।

लेकिन शान्ति मुझे मिली नहीं। जरा आँख लगी थी कि कुछ खड़कने की आवाज आयी। मैं उठ बैठी। मैंने धकधकाते दिल पर किसी तरह काबू पाया। मोमबत्ती जलाई। पानी पीया। स्लीपर पहने। इधर-उधर देखा-भाला। होले से सिटकनी खोली। दबे कदमों बाहर निकली। पहले ठिठकी और फिर आहिस्ता-आहिस्ता आगे बढ़ी। सहसा एक झोंके से मोमबत्ती बुझ गयी। कुछ क्षण तक हाथ को हाथ नहीं सूझा। फिर दृष्टि लौटी। खासी चाँदनी थी। सब कुछ नजर आ रहा था। और मैंने देखा कि सीढ़ियों से कोई उतरकर जा रहा है। मैं दौड़कर उसे पकड़ने पहुँची। वह जहाँ का तहाँ रुक गया और पलटकर मुझसे मुखातिब हुआ। मैं ठगी-सी खड़ी रह गयी। वह मुझे अपलक देख रहा था और मैं उसे अपलक देखते जाने के लिए अपने को मजबूर पा रही थी। मुझे न डर लग रहा था, न घिन, मुझे बस यही लग रहा था कि मैं जन्म-जन्मान्तर तक यहीं खड़ी रहूँगी और इस पुरुष को यों ही अपलक देखती जाऊँगी। मुझे लग रहा था कि यह पुरुष ही नहीं, मैं स्वयं भी छायामात्र हूँ। मैं चाहती थी कि मेरे मुँह से कोई बोल फूटे, मैं उससे कोई जवाब-तलब करूँ। लेकिन मेरा मुँह जैसे किसी ने सिल दिया था। मैं चाहती थी कि

लपककर उसे पकड़ लूँ। लेकिन मेरे पैरों में जैसे किसी ने जंजीरें डाल दी थीं। सहसा उसने कन्धे उचकाए और हँसकर वह मजे से सीढ़ियाँ उतरकर चला गया। मैं जहाँ की तहाँ खड़ी रह गयी। जब तक कुछ चेतना-सी लौटी वह दृष्टि से ओझल हो चुका था।

●●

अपने कमरे की ओर लौटते हुए मुझे राजश्री के कमरे से खड़-खड़ की आवाज सुनाई दी। मैंने सोचा शायद राजश्री पानी पीने या गुसलखाने जाने के लिए उठी है। क्या बात है, यह देखने के लिए मैं उसके कमरे में घुस गयी। दरवाजा खोलते ही मेरा दिल धक से रह गया। राजश्री अपनी खाट पर नहीं थी। तकिये एक के बाद एक रख कर उनके ऊपर रजाई फैला दी गयी थी। गुसलखाने की सिटकनी लगी हुई थी। और कमरे की खिड़की, जिसे राजश्री को सुलाने के बाद मैं खुद बन्द कर के गयी थी, खुली पड़ी थी। मैंने पुकारा, "राजश्री! राजश्री!" पर कोई जवाब नहीं।

थोड़ी देर बाद खुली खिड़की से राजश्री कूद कर कमरे में आयी। मुझसे सामना होने पर वह जरा भी घबराई नहीं। कोतवाल को डाँटते हुए चोर के अन्दाज में बोली–"गवर्नेस साहिबा! आप कहाँ चली गयी थीं? आप बहुत शरारती हैं। हमें डरा देती हैं।" मुझे समझ में नहीं आया कि इसे चतुराई समझूँ या सच्चाई। इस छोटी-सी बच्ची को, जिसने अब बड़े लाड़ से मेरे गलबहियाँ डाली हुई थीं, खुर्राट मानने की तबीयत नहीं होती थी। लेकिन अगर यह सचमुच मुझे ही ढूँढ़ने निकली थी तो दरवाजे से क्यों नहीं आयी? इसे खिड़की के रास्ते आगे के तंग छज्जे में उतरने की क्या जरूरत थी।

"तो छज्जे से मुझे ढूँढ़ने कहाँ गयीं तुम? क्या तुमने सोचा गवर्नेस साहिबा रात को सामने बगीचे में टहल रही होंगी?"

"सच्ची कहूँ, गवर्नेस साहिबा, मुझे लगा तो ऐसा ही।"

"क्या?"

"मुझे लगा मेरी गवर्नेस साहिबा बाहर बगीचे में टहल रही हैं। मैंने सोचा– चलो खिड़की से छज्जे पर उतर कर देखूँ।" उसके ओंठों पर एक ऐसी मुसकान खेल गयी जो मुझे बहुत ही भोली और बहुत ही भयंकर दोनों मालूम हुई।

मैंने पूछा–"तो छज्जे से कोई दिखाई दिया?"

"कोई नहीं!" राजश्री ने अँगड़ाई लेते हुए कहा–"मैं झूठमूठ ही घबरा गयी गवर्नेस साहिबा। कोई भी नहीं था नीचे बगीचे में, कोई भी नहीं।" और वह हँसते हुए मुझसे कुछ इस तरह लिपट गयी मानो कहना चाहती हो कि "अन्त भला सो सब भला; अब छोड़ो इस पचड़े को।" मगर मैं इस पचड़े को यों आसानी से छोड़ देना चाहती नहीं थी। तो मैंने पूछा–"यह तुम ने तकिए एक के बाद एक रख कर उन पर लिहाफ क्यों तान दिया है?"

"अरे यह!" राजश्री ने सयानों की तरह हाथ झटकाते हुए कहा, "गवर्नेस साहिबा यह तो मैंने इसलिए किया कि आप मुझे गायब देख कर घबरा न जायें।"

"लेकिन तुम तो यह कह रही थीं कि मुझे खोजने के लिए तुम निकली थीं! गायब तो मैं थी, फिर तुम्हारे गायब होने से मेरे डरने या घबराने का सवाल कैसे उठा?"

इस जिरह से नन्ही राजश्री जरा भी परेशान नहीं हुई। वह कुछ इस अन्दाज से भौंहों पर बल डाल कर सोचने लगी मानो मैंने उससे पूछा हो "सोलह सत्ते?" और उसे सोलह का पहाड़ा रटा न होने के कारण सोलह एकम से शुरू होकर याद करना पड़ रहा हो। और कुछ उसी "हाँ याद आया" वाले अन्दाज में उसने जवाब भी दिया–"आप गायब तो थीं मगर वापस भी तो आ सकती थीं! अपनी प्यारी गवर्नेस साहिबा की सब शरारतें मुझे मालूम हैं। हाँ!"

यह जवाब बेतुका था। मगर इसके बेतुकेपन ने ही मुझे निरस्त्र

कर दिया। जिसे झूठ गढ़ना भी न आ रहा हो उस छोटी-सी बच्ची से जिरह किये चले जाना मुझे बहुत क्रूर प्रतीत हुआ। मैंने सोचा कि यह कोई अदालती मामला नहीं है जिसमें अच्छी जिरह से जीत हो सकती हो। यह किसी रहस्य की भँवर में फँसी हुई दो अबोध आत्माओं का मामला है। इसमें तो विश्वास जताकर ही विश्वास जीता जा सकेगा। लिहाजा मैंने कहा—"दुत् पगली!" और बहुत लाड़ से राजश्री के गाल थपथपा दिये। मैंने उसे एक अच्छी-सी परी-कथा सुनाई, जिसे सुनते-सुनते वह फिर सो गयी।

वाकई सो गयी, या सोने का अभिनय करने लगी? मेरे लिए यह तय करना भी मुश्किल हो गया। देर तक मैं उसके सिरहाने बैठी रही। फिर थक-हार कर उठी और अपने कमरे में चली आयी। सबेरा अब होने को ही था। हवा सर्द हो चली थी। मैं अपने कमरे की खिड़की बन्द करने के लिए बढ़ी और मैंने देखा—नीचे दूर बगीचे के उस कोने में जहाँ बड़ा-सा तालाब है, कोई औरत नाव बाँधने के घाट की ओर बढ़ती जा रही है। कुछ ही देर में उसकी आकृति कुंजों की ओट में ओझल हो गयी। यह देखने के बाद मैं सो नहीं सकी। सच तो यह है कि इस घटनापूर्ण रात के बाद नींद मेरे लिए हराम हो गयी। बार-बार उठना और बच्चों के कमरों में झाँक कर आना, खिड़की से बगीचे का मुआयना करना, सीढ़ियों पर देर तक पहरा देना, मेरा रोज का नियम बन गया। यह पहरेदारी मैं महल के चौकीदारों के जिम्मे छोड़ नहीं सकी। वे बूढ़े और कामचोर हो चले थे और उन्हें आज तक कोई रहस्य या रहस्यमयी छायाएँ नजर नहीं आयी थीं। उनसे प्रेत-व्रेत की कोई बात कहना, उनके मन में गवर्नेस साहिबा के डरपोक या खब्ती या दोनों होने का शक पैदा करना होता। लिहाजा इन छायाओं को मैं स्वयं ही धर पकड़ना चाहती थी। मैं यह भी मालूम करना चाहती थी कि बच्चों से इनका कोई सम्बन्ध है तो क्या है?

ग्यारह दिन तक कुछ भी नहीं हुआ। रोज-रोज के रतजगे से मैं

इतनी थक चुकी थी कि बारहवें दिन मुझे बिस्तर पर जरा कमर सीधी करते ही नींद सताने लगी। मैंने लालटेन हल्की कर दी और कुछ देर आँखें मूँदे पड़े रहने का फैसला किया। जब मेरी नींद टूटी तब मुझे यही गुमान हुआ कि मैं पाँच-दस मिनट सोई होऊँगी। मुझे ताज्जुब हुआ कि इस बीच लालटेन कौन बुझा गया? सिरहाने से घड़ी निकाल कर देखी–डेढ़ बजा था। यानी मैं साढ़े तीन घंटे से सोई हुई थी। मुमकिन है लालटेन में तेल चुक गया हो! हिलाकर देखा। तेल काफी था। तो इसे कौन बुझा गया? मेरे मन ने आशंकित होकर पूछा और स्वयं ही जवाब दिया– नन्ही राजश्री। मैं दबे पाँव उसके कमरे में पहुँची। खाट खाली थी। खिड़की खुली थी और राजश्री? वह अवश्य छज्जे पर होगी। अब? मैं भी छज्जे पर उतर जाऊँ? नहीं! कँवर जबरसिंह के कमरे में जा पहुँचूँ? देखूँ कि क्या वह भी उठा हुआ है? उसे और राजश्री को बुलाऊँ और फटकारूँ कि तुम्हारी सब बातें मुझे पता चल गयी हैं? लेकिन क्या बातें? नहीं, नहीं, पहले मुझे कुछ और मालूम करना होगा।

मैं लपक कर ऊपर वाली मंजिल में जा पहुँची। मैंने फैसला किया कि राजश्री के कमरे से ठीक ऊपर वाले कमरे के छज्जे पर खड़ी होकर देखूँगी कि राजश्री छज्जे पर है कि नहीं और है तो क्या देख रही है। ठीक ऊपर वाला यह कमरा स्वर्गीय ठाकुर साहब का शयन कक्ष रहा था। इसे अब भी ठीक-ठाक रखा जाता था क्योंकि भौंरी के अनुसार ठाकुर चमनसिंह जी जब कभी छठे-छमाहे गढ़ी आते थे तो इसी कमरे में ठहरते थे। या शायद यह भौंरी ने झूठ-मूठ ही कह दिया हो क्योंकि एक बार उसने मुझसे यह भी कहा था कि इस कमरे को साफ न करूँ तो रात को नींद नहीं आती। यह अपने दरबार का कमरा था, इसी को तो साफ करने और सजाने के लिए मैं ठकुरानी साहिबा के दहेज में आयी थी! मुझे भौंरी की दोनों बातें ही इस समय समान रूप से डरावनी मालूम हुईं। कभी यह लगा कि दरवाजा खोलते ही उस पर्देदार बड़ी सेज में लेटे हुए ठाकुर चमनसिंह जी के दर्शन होंगे और

वह कहेंगे, आप क्या बच्चों की हिफाजत करिएगा? देखता हूँ आपको तो खुद हिफाजत की जरूरत है। कैसी डरी बच्ची-सी रात को मेरे कमरे में चली आयी हैं। कभी यह लगा कि दरवाजा खोलते ही स्वर्गीय दिग्विजय सिंह जी सुरा और सुन्दरी से घिरे हुए मिलेंगे और हँस कर कहेंगे, 'मुझे नहीं पता था कि हमारी गवर्नेस साहिबा भी शौक करती हैं। अपनी इन कल्पनाओं से मैं काँप उठी। फिर मैंने अपने को किसी तरह सँभाला। कमर से वह गुच्छा निकाला जो मैंने दिन में भौंरी से पोथीखाने से कुछ किताबें निकालने के बहाने माँग लिया था। कुंजियाँ एक-एक कर के आजमाईं। पाँचवीं से दरवाजा खुल गया। मैंने एक दीयासलाई जलाई और कमरे के भीतर दबे पाँव घुस गयी।

तीली जब तक अँगुलियों को ही जलाने नहीं लगी, मैं उसकी रोशनी में कमरे का मुआयना करती रही। कहीं भी कोई न था। हाँ, ऐश्वर्य और विलास के कई प्रतीक चाटुकारिता की मुद्रा में जरूर खड़े हुए थे। तीली बुझते ही मुझे लगा कि ये तमाम तसवीरें, मूर्तियाँ, सुराहियाँ, जाम, झाड़-फानूस मुझे बाअदब घेरने, बहलाने और फुसलाने के लिए आगे बढ़ने वाले हैं। इनके खुशामद भरे स्वागत से विह्वल होकर, मेरे मूर्ख कदम सेज की ओर बढ़ते ही चले जायेंगे। एक झटके से मैंने इस कल्पना को छिटक दिया। मुझे बच्चों के प्रति अपने कर्तव्य की याद आयी और मैंने अपने डाँवाडोल मन को समझाया कि इस कर्तव्य की पूर्त्ति के लिए आवश्यक है कि मैं अपने मध्यवर्गीय संस्कारों से उपजे स्त्रियोचित भय, संशय और संकोच पर विजय पाऊँ। तो बगैर और तीली जलाए मैं कमरे की खिड़की की ओर बढ़ी। उसे मैंने सावधानी से खोला और उतनी ही सावधानी से छज्जे पर उतर गयी।

छज्जे से चुपके-से नीचे झाँक कर देखा। राजश्री अपने कमरे के छज्जे पर खड़ी हुई सामने बगीचे की ओर अपलक देख रही थी। मैंने भी उधर ही देखा और पाया कि राजश्री की निगाहें बगीचे में खड़े हुए एक व्यक्ति पर टिकी हुई हैं। और यह व्यक्ति अपनी निगाहें उठाए

हुए कुछ ढूँढ़ रहा है। पहले मुझे लगा कि उसकी आँखें उसी छज्जे पर किसी को खोज रही हैं, जिस पर मैं खड़ी हूँ। यह प्रतीत होते ही मैं दुबक गयी। लेकिन फिर जो थोड़ा उचक कर देखा तो महसूस हुआ कि वे निगाहें इस कमरे के छज्जे पर नहीं उससे भी ऊपर टिकी हुई हैं। सहसा याद आया कि इस कमरे के ऊपर तो वही भूतहा मीनार है। अवश्य ही उस मीनार पर कोई खड़ा हुआ है। रोड़ा? कामिनी बाई? दोनों? लेकिन इस बारे में ज्यादा सोचने और चिन्ता करने की फुर्सत नहीं थी। मेरा सारा दिमाग इस समय बगीचे में खड़े हुए व्यक्ति के बारे में सोचने और फिकर करने में लगा हुआ था।

वहाँ घास में नंगे पाँव, नंगे सिर खड़ी हुई वह आकृति, मन्त्रमुग्ध-सी मीनार को देखती हुई वह छवि, और किसी की नहीं कँवर जबरसिंह जी की थी।

●●

मैंने सोचा कि यहाँ से उसे पुकारना ठीक न होगा। चीखने-चिल्लाने से व्यर्थ ही नौकरों के कमरों में भी जगार हो जायेगी और स्थिति का कोई युक्तियुक्त स्पष्टीकरण मेरे लिए असम्भवप्राय हो चलेगा। तो मैं चुपचाप कमरा बन्द करके दो-दो तीन-तीन सीढ़ियाँ एक साथ उतरती हुई खुद ही बगीचे में आ पहुँची। मैंने लक्ष्य किया कि मीनार पर कोई छाया मँडला रही है। इसी छाया को जबरसिंह एकटक देख रहा है। मैं चुपचाप उसकी बगल में खड़ी हो गयी। जब उसे मेरी उपस्थिति का भान हुआ तब उसने मेरा हाथ अपने हाथ में लेकर कहा—'अब चलें।' मानो मैं उसे लेने नहीं आयी हूँ, वह मुझे लेने आया हो! चुपचाप हम चल पड़े। उसके कमरे तक का फासला तय करते हुए हममें से कोई भी कुछ नहीं बोला। मैं यही सोचती रही कि इस लड़के का छोटा-सा दिमाग इस समय किस बड़े-से झूठ के सर्जन में व्यस्त होगा। क्या यह सचमुच कोई ऐसा बहाना ढूँढ़ निकालेगा जो इतनी रात गये बाहर

बगीचे में इसकी उपस्थिति को युक्ति-युक्त ठहरा सकेगा? क्या अब भी यह अबोधता का प्रभावप्रद अभिनय कर पायेगा? इस जाल से आखिर यह निकलेगा तो कैसे? मुझे कँवर जबरसिंह के इस धर्मसंकट के बारे में सोचते हुए खुद धर्मसंकट महसूस होने लगा। मुझे यह अनुभूति हुई कि अगर मैंने इसके झूठ को झूठ कहा तो मुझे प्रेतों की उपस्थिति को सत्य सिद्ध करने की जिम्मेदारी उठानी पड़ेगी। बच्चे का झूठ तो किसी तरह निभ भी जायेगा लेकिन एक सयानी औरत की प्रेत-कथा लोगों के गले मुश्किल से ही उतर पायेगी। सहसा मेरी समझ में यह बात आयी कि नन्हा कँवर जबरसिंह मेरे इस संकट को खूब समझता है। इसीलिए वह जरा भी परेशान नहीं है। मैं पूरी तरह से उसकी और उसके मित्र प्रेतों की गिरफ्त में हूँ। दुनिया के सामने सफ़ाई उसे नहीं, मुझे देनी होगी। अगर मैंने यह प्रेत वाला किस्सा छेड़ा तो अवश्य ही कँवर जी के अभिभावक मुझसे जवाब-तलब करेंगे। यह पूछा जायेगा कि आप नये जमाने की पढ़ी-लिखी शहरी लड़की होते हुए भी गँवाई-गाँव की किसी खूसट बुढ़िया की तरह छोटे-छोटे अबोध बच्चों को इस तरह डराती क्यों हैं? और डराती ही नहीं उन पर वाहियात-से अभियोग भी लगाती हैं! कभी मामले की सुनवाई की ही नौबत आ गयी तो भौंरी निश्चय ही बच्चों की ओर से गवाही देगी। मैं बेवकूफों की तरह उसे अपनी हर आशंका और संशय का ब्योरा सुनाती रही हूँ। जब वह आधुनिक युवा, जिसकी भंगिमा से मोहित होकर मैंने यह दायित्व ग्रहण किया था, पुरानी नौकरानी की जुबानी मेरे भय के किस्से सुनेगा तो?

इसी ऊहापोह के कारण मैं कँवर जबरसिंह के कमरे में पहुँचने के बाद काफी देर तक गूँगी बनी रही। मैंने बगैर कुछ कहे उसे बिस्तर पर लिटा दिया, लिहाफ ओढ़ा दिया। फिर अपने स्वर को भरसक शान्त और संयत रखते हुए मैंने कहा—“आप इस समय टहलने कैसे चले गये थे कँवर साहेब?”

जबरसिंह के ओठों पर मनमोहक मुसकान खेल गयी और

उसकी आँखों में शरारत चमक उठी। ऐन बुजुर्गाना अन्दाज में उसने कहा—"आप हमसे कुछ खफा नजर आती हैं गवर्नेस साहिबा। तभी इतनी रात गये मेरे कमरे में बैठ कर कुछ उसी तरह सवाल कर रही हैं, जिस तरह दिन में स्टडी-रूम में पढ़ाते समय करती हैं!" फिर तनिक रुक कर, आवाज को तनिक और नीचा करके उसने कहा, "ऐसे सवाल इतनी दूरी पर रह कर नहीं किये जाते गवर्नेस साहिबा। इतनी दूरी से, ऐसे अँधेरे में आप अपने सवाल का जवाब सुनेंगी तो उस पर विश्वास हो नहीं सकेगा। इधर आइए न, मेरे पास बैठिए न, मेरी बहुत ही अच्छी, बहुत ही प्यारी, बहुत ही भोली-भाली गवर्नेस साहिबा।"

ये सारी बातें मुझे बहुत अटपटी लगीं। लेकिन इस आशा या आशंका से मेरा दिल धक-धक करने लगा कि शायद यह रहस्योद्घाटन की भूमिका है। मैं अपनी कुर्सी से उठी और उसके सिरहाने जा बैठी। उसने मेरा हाथ अपने हाथ में ले लिया। मैं रहस्योद्घाटन की प्रतीक्षा करने लगी। लेकिन वह चुपचाप लेटा रहा। आखिर मैंने ही चुप्पी तोड़ी—"तो?"

इस पर उसने हँस कर कहा—"तो!"

मैं कुछ दृढ़ता से बोली—"मजाक न कीजिए, आप कुछ बताने वाले थे न। अब तो मैं आपसे दूर नहीं बैठी हूँ।"

मेरी गदोली को आँखों पर रखते हुए उसने कहा—"वही तो मैं बता रहा हूँ। यह सब मजाक है!"

"देखिए कँवर साहब, मैं यह जानना चाहती हूँ कि आप बाहर क्यों गये थे?"

"अजी वही तो मैं बता रहा हूँ गवर्नेस साहिबा। मैं इसीलिए बाहर गया था कि वह सब जो हो रहा है!"

"क्या?"

"यही। आपका कुछ घबराना। मुझसे जवाब-तलब करना। मेरा कोई भी ठीक-सा जवाब न देना।"

"इससे फायदा?"

"फायदा यही कि आप मुझे बिल्कुल दूध का धुला ही नहीं समझती रहेंगी।"

"भोला नहीं समझूँगी तो क्या समझूँगी आपको?"

"बदमाश!" उसने खिलखिलाते हुए उत्तर दिया और अपनी बाँहें मेरे गले में डाल दीं।

"बदमाश तो आप न हैं और न हो सकते हैं।"

"लेकिन आप मुझे हमेशा भला लड़का ही समझती रहें तो मजा क्या आये? इसीलिए मैंने सोचा कुछ ऐसी बदमाशी करूँ जिससे हमारी प्यारी गवर्नेस साहिबा थोड़ा डरें, थोड़ी खफा हों और फिर सारी बात समझ में आने पर थोड़ा मुसकरा दें और माफ कर दें।"

किसी छँटे हुए छैला की-सी यह बात उस दस वर्ष के लड़के के मुँह से सुन कर मुझे एक साथ हँसने और रोने की तबीयत हुई। खैर, मैंने थोड़ा-सा मुसकराने का अभिनय करते हुए पूछा, "चलिए मान लिया कि आप अपने बदमाश होने का भी सबूत देना चाहते थे। लेकिन आपको यह भरोसा कैसे हुआ कि आपकी बदमाशी गवर्नेस साहिबा देख ही लेंगी। गवर्नेस साहिबा तो सोई हुई थीं।"

"इसका तो गवर्नेस साहिबा के लाड़ले शिष्य ने पूरा इन्तजाम कर रखा था। गवर्नेस साहिबा की लाड़ली शिष्या से कह दिया था कि ठीक अधरात गये अपने कमरे में खूब खड़-खड़ मचाए। खिड़की से छज्जे पर उतर कर उस ओर देखने लगे जहाँ मैं बगीचे में खड़ा होऊँ। गवर्नेस साहिबा जरूर घर देखने के लिए उठेंगी कि लाड़ली शिष्या क्या कर रही है। फिर वह देखेंगी कि लाड़ली शिष्या बगीचे में खड़े हुए लाड़ले शिष्य को देख रही हैं!"

"और ठण्ड लग जाती तो?"

"तो हम यह मान लेते कि शैतानी का फल मिल गया है।" जबरसिंह ने हँसते हुए कहा, "अब यह पचड़ा छोड़िए। अब तो माफ करने की

बारी है, कहिए माफ किया।"

और मैं कह भी क्या सकती थी?

●●

रात की इस विचित्र घटना और विचित्रतर बातचीत के बारे में भौंरी से कुछ भी कहते हुए मुझे बहुत संकोच हुआ। मुझे लगा कि वह मेरी बातों को मजाक में उड़ा देगी। और जब मैंने कँवर जबरसिंह से अपना वार्त्तालाप उसे सुनाया तब वह सचमुच हँसने लगी। मैंने पूछा, "बताओ क्या करना चाहिए?" तो उसने ठट्ठा कर कहा, "अब तो ब्याह ही करना चाहिए। बड़ी बहू के बड़े भाग।"

इस पर मैंने उसे फटकार सुनाई। मैंने कहा कि यह हँसी-ठट्ठे की बात नहीं है। भौंरी का कहना था कि इन बातों को कोई गम्भीर समझे तो कैसे? मैंने कहा कि बात दरअसल गम्भीर है। ये बच्चे अपने पुराने नौकर और पुरानी गवर्नेस के प्रेतों के चंगुल में फँसे हुए हैं। रोज उनसे मिलते-जुलते हैं लेकिन कभी भूले से भी उनका नाम नहीं लेते। उनके लिए प्रेतों की दुनिया ही असली दुनिया है। हमारी दुनिया में तो वह भोलेपन का नाटक भर करते रहते हैं। जरा हमारी नजर हटी कि ये फिर उन प्रेतों के संसार में चले जाते हैं। ये सब आपस में मिले हुए हैं। भौंरी मेरी इस उत्तेजना पर भी हँस पड़ी। कहने लगी कि अगर प्रेतों की दुनिया में जाते हैं भी तो आपको-हमें क्या? वहाँ उनकी देखरेख के लिए दरबार है, ठकुराणी साहिबा हैं, रोड़ा है, कामिनी बाई है।

मैंने खीझ कर कहा, "तुम कुछ भी नहीं समझ पा रही हो भौंरी! देखो उन्हें वहाँ बाहर घास में बैठे हुए चित्रों की पुस्तक देखते हुए बातें कर रहे हैं। हम-तुम यही समझेंगे कि चित्रों के बारे में बातें कर रहे हैं लेकिन मैं पूरे विश्वास से कह सकती हूँ कि ये रोड़ा और कामिनी के बारे में ही बातें कर रहे होंगे। ये पूरी तरह उनके काबू में आ चुके हैं और समय रहते इन्हें नहीं बचाया गया तो ये सचमुच रोड़ा और

कामिनी की दुनिया में जा बसेंगे।"

भौंरी बोली, "घणी खम्मा गवर्नेस साहिबा, ऐसी बात मुँह से नहीं निकालनी चाहिए। इस भौंरी की तो यही साध रही है कि ये बच्चे जुग-जुग जिएँ। ये बड़े हों, शादी-ब्याह करें, घर बनाएँ और इस वीरान महल में फिर रौनक हो। अगर आप समझती हैं कि बच्चों को सचमुच कोई खतरा है तो ठाकुर साहेब को खबर कर दीजिए।"

"चमनसिंह जी को!" मैंने चौंक कर कहा, "उन्होंने तो मुझसे कहा था कि उन्हें कभी बच्चों के मामले में परेशान न करूँ।"

"लेकिन अगर बात वही है जो आप कहती हैं तो परेशान करना ही होगा। आप उन्हें नहीं लिखेंगी तो मैं लिख दूँगी।"

"नहीं, नहीं!" मैं घबरा कर बोली, "ऐसा हरगिज मत करना। हम-तुम मिल कर इन बच्चों को बचाने की कोई-न-कोई तरकीब खोज निकालेंगे।"

●●

मैंने अब ज्यादा से ज्यादा समय बच्चों के साथ बिताना शुरू कर दिया। मैं उन पर बगैर कुछ जताए कड़ी निगाह रखने लगी। हम लोग सदा की भाँति पढ़ते-लिखते, खेलते-कूदते, नाचते-गाते, हँसते-बोलते रहे। लेकिन बीच-बीच में एक तनाव भरी खामोशी हमारे मध्य उपस्थित होने लगी। मुझे बार-बार यह महसूस होने लगा कि ये नन्हे बच्चे मेरी साँसत का आनन्द ले रहे हैं। ये मन ही मन मेरे संकट पर हँस रहे हैं और आँखों ही आँखों में गुप-चुप कुछ इशारे कर रहे हैं। कभी-कभी मुझे ऐसा लगता कि इन्होंने बातचीत को ऐसा रुख देने के लिए मिलीभगत कर रखी है कि मेरा धीरज और संयम छूट जाये। मैं बिफर पड़ूँ या बरस पड़ूँ। बार-बार बातचीत डर, मौत, प्रेत, स्वप्न और स्मृति से सम्बन्धित किसी विषय की ओर मुड़ जाती। वे जैसे मुझे बाध्य करना चाहते थे कि मैं महल के प्रेतों के सम्बन्ध में कुछ कहूँ। अपने भय को शब्द दूँ।

उन्हें मेरे बचकाने डर पर बुजुर्गों की तरह हँसने का मौका दूँ। और अगर सब कुछ जानते हुए भी अनजान बनी रहूँ तो अपने मौन से भी यही सिद्ध करूँ कि पिछले दिनों की घटनाओं के बारे में खुल कर बात करने का साहस मुझमें नहीं है। कुरेद-कुरेद कर मुझसे मेरे बचपन, मेरे माता-पिता, मेरे नौकर-चाकरों के बारे में पूछते रहे। शायद इस नीयत से कि मैं भी उनसे इस तरह की कोई बात पूछूँ। लेकिन मैंने अपनी जिज्ञासाओं को अपने तक ही रखा।

गनीमत थी कि इधर वे छायाएँ मुझे दर्शन नहीं दे रही थीं। यों मुझे अब सारा ही वातावरण उनसे व्याप्त मालूम होता था और कभी-कभी तो ऐसा भी लगता था कि ये बच्चे उन छायाओं की ही छाया हैं। मुझे अक्सर ऐसा प्रतीत होता कि वे उन छायाओं को देख रहे हैं मगर मैं देख नहीं पा रही हूँ। कभी टहलते समय वे आगे निकल कर पेड़ों की ओट में चले जाते तो मेरा मन करता कि चीख कर कहूँ, 'मुझसे यह लुका-छिपी नहीं चलेगी। मैं सब जानती हूँ, मुझे सबकुछ मालूम है।' लेकिन मैं यह भी जानती थी कि इस तरह का विस्फोट अशोभन ही नहीं, अविश्वसनीय भी माना जायेगा। लुत्फ यह कि जितनी ही मैं इन बच्चों के प्रति शंकालु होती जा रही थी उतने ही यह मेरे प्रति श्रद्धालु हुए जा रहे थे या श्रद्धालु होने का अभिनय कर रहे थे। कँवर जबरसिंह जी तो 'हमारी बहुत ही प्यारी गवर्नेस साहिबा' की रट यों लगाए रहते कि कभी-कभी मुझे संकोच होने लगता। बच्चे के लाड़ में मुझे किसी सयाने के प्यार की गन्ध आने लगती।

मैं बार-बार अपने को कोसती रही कि उस दिन जब कँवर जबरसिंह रँगे हाथों पकड़े गये थे, मैंने ज्यादा अच्छी तरह जिरह क्यों नहीं की। अक्सर बन्द कमरे में बैठे-बैठे मैं यही सोचती रहती कि अबकी बार वही सब हुआ तो मैं क्या कहूँगी और कैसे कहूँगी? और नतीजा सारे सोच-विचार का यही निकलता कि मैं कुछ भी नहीं कह पाऊँगी। मेरा कुछ भी कहना एक भयंकर भूल करना होगा। मुझे अपनी शंकाएँ लज्जाजनक मालूम

होने लगतीं। मैं महसूस करती कि बच्चे मेरे झूठ को और भी जोर-जोर से शुरू कर देते। लेकिन यह सच्चा स्नेह मुझे खुद बहुत झूठा मालूम होने लगता। मैं महसूस करती कि बच्चे मेरे झूठ को साफ देख रहे हैं और उसका मजा ले रहे हैं। बच्चे ही नहीं, वे पापी प्राणी भी जिनकी छायाएँ इन बच्चों के इर्द-गिर्द मँडलाती रहती हैं। मैं कभी-कभी भगवान से प्रार्थना करती कि प्रेतों का यह जो भी श्राप है तू इन बच्चों से हटा कर मुझ पर लगा दे। मैं इसे भुगत लूँगी, इससे निपट लूँगी। और तभी कँवर जबरसिंह मुझे अपनी उस खास कमनीय किन्तु कुटिल भंगिमा से देखता और मेरे तन-बदन में एक सुरसुरी-सी दौड़ जाती। मैं अपने से कहती पगली तू उन प्रेतों से क्या पार पायेगी जबकि इन बच्चों को ही बूझ सकना तेरे लिए मुश्किल होता जा रहा है।

जब मैंने किसी भी तरह हथियार नहीं डाले तब कँवर जबरसिंह जी ने एक नया शिगूफा छोड़ा। उन्हें सहसा अपने काका-सा की, यानी ठाकुर चमनसिंह जी की याद सताने लगी। दोनों बच्चों ने बार-बार यह पूछना शुरू किया कि काका-सा कब आ रहे हैं? काका-सा को आप कब बुला रही हैं? उन्होंने काका साहेब के नाम चिट्ठियाँ लिख-लिख कर मुझे देनी शुरू कीं। मुझे लगा कि वे काका साहेब को बुलाकर उनकी उपस्थिति में मेरी कलई खुलवाने का फैसला कर चुके हैं। वे मुझे इस नौकरी से बर्खास्त करना चाहते हैं ताकि वे अपने प्रिय प्रेतों के साथ खुल खेल सकें।

●●

इतनी द्विविधा-चिन्ता के बावजूद मैं बच्चों पर कभी झल्लाई नहीं। सच कहूँ तो मैं सब-कुछ जानते हुए भी उन्हें बुरा कह या समझ सकने की जुर्रत कर नहीं सकी। मुझे यही लगा कि उन्हें बुरा समझना अपने ही बुरे होने का सबूत देना है। ये अगर कोई बुरा काम कर भी रहे हैं तो किसी और के बस में होने के कारण कर रहे हैं। मैं इन अबोध और

विवश बच्चों को बुरा कहूँ तो यह मेरे ही कुत्सित विचारों का प्रमाण होगा। मेरा कर्तव्य यही है कि जो इन अनाथ बच्चों को बुराई के रास्ते पर ले जा रहे हैं उनसे लड़ूँ उनका असर दूर करूँ। असर दूर करने के सिलसिले में मैंने पोथीखाने से प्रेत-विद्या सम्बन्धी कई पुस्तकें भी निकाल कर पढ़ीं। लेकिन सब-कुछ पढ़ने के बाद इसी नतीजे पर पहुँची कि यह ऐसा भयंकर क्षेत्र है जिसमें कदम रखना मेरे लिए मुश्किल है। उस पोथीखाने से मैंने जितनी ही पुस्तकें-पांडुलिपियाँ निकाल कर पढ़ीं मेरा दिमाग उतना ही चकराता गया। मैं उनको पढ़कर इतना ही समझ सकी कि इन अनैतिक विधाओं में रोड़ा और स्व॰ दरबार साहब दोनों निश्चय ही पारंगत रहे होंगे। भौंरी ने पोथीखाने से मेरी बढ़ती हुई दिलचस्पी पर कुछ फब्तियाँ भी कसीं। मुझे भी उस पोथीखाने की रौद्र और वीभत्स पुस्तकों के बीच साँस ले सकना कठिन मालूम होने लगा। तो मैंने कुंजी का गुच्छा भौंरी को लौटा दिया और प्रेतों से बगैर प्रेत-विद्या सीखे ही निपटने का फैसला कर लिया।

दिन किसी तरह कटते गये। कोई अप्रिय घटना नहीं घटी। बच्चों ने काका साहेब वाली रट लगाना भी छोड़ दिया। काफी शान्ति महसूस होने लगी। मगर यह ठहराव तूफान से पहले का था। एक दिन हम सब मन्दिर जा रहे थे। कँवर जबरसिंह मेरा हाथ अपने हाथ में लेकर चल रहा था। वह कुछ तेज-तेज चलने लगा। नन्ही राजश्री और भौंरी को हम कुछ पीछे छोड़ आये। कँवर जबरसिंह इस समय राजसी पोशाक में था और चाल-ढाल से भी काफी सयाना-सा लग रहा था। मुझे उसका विनीत मुद्रा में बातचीत करना इस समय बहुत भला मालूम हो रहा था। मैं सोच रही थी कि यह एक बड़े खानदान का सयाना लड़का है। अगर यह चाहे तो मुझसे बुरी तरह भी पेश आ सकता है। यह आजादी की माँग करे तो मैं इसे रोक नहीं सकती हूँ। लेकिन कितना भला है कि मेरी कड़ी निगरानी पर कोई एतराज नहीं कर रहा है। मैं यह सब सोचकर कृतज्ञ हुई जा रही थी कि कँवर जबरसिंह ने सहसा

बात बदल कर ऐसा सवाल कर डाला जिससे इस भयंकर नाटक के अन्तिम अंक के लिए पर्दा उठ गया।

निहायत आये-गये अन्दाज में और मीठी भोली आवाज में पूछा गया यह सवाल काफी सीधा-सादा मालूम होता था लेकिन इसी में तमाम पेचीदगी छिपी हुई थी। उसने पूछा था, गवर्नेस साहिबा आप मुझे इस तरह कब तक छोकरी बनाये रहेंगी। आखिर मुझे किसी स्कूल में भेजना होगा न। सवाल ठीक ही था लेकिन उसे इस तरह पेश कर दिये जाने से मैं सकते में आ गयी। मुझे लगा कि यह सवाल इसीलिए नहीं उठाया गया कि कँवर जबरसिंह स्कूल भेजे जाने के लिए विशेष उत्सुक हैं। इसे उठाए जाने के पीछे मंशा यही है कि जिस बात को मैं भरसक दबाए रहूँ वह उघड़ जाये। मुझसे कोई जवाब देते नहीं बना तो कँवर जबरसिंह ने एक और वार किया, "आपने कभी तो यह सोचा होगा कि लड़का इस तरह औरतों की ही सोहबत में कब तक रह सकता है। आखिर उसे अपनी दुनिया में भी जाने का मौका मिलना चाहिए।"

मैंने बात हँसी में उड़ाने की कोशिश की, "और खासकर जबकि औरतें इस गवर्नेस की जैसी हों।"

उसने भी हँसते हुए उत्तर दिया, "नहीं यह गवर्नेस साहिबा भी बहुत प्यारी हैं। मुझे उनके संग रहने में कोई एतराज नहीं है। लेकिन आखिर राजपूत बच्चे को तो मर्दों की दुनिया में जाना ही होगा। और अब तो मैं कोई ऐसा बच्चा भी नहीं रहा।"

मैंने बात बदलने के लिए फिर मजाक का सहारा लिया, "अच्छा तो आप अब बुजुर्गों में शामिल हो गये।"

उसने बात को गम्भीर मोड़ दिया, "अगर मैं सयाना न होता तो क्या आपको अब तक परेशान न कर चुका होता।"

"हाँ परेशान तो आप जरा भी नहीं करते हैं।"

"एक दिन थोड़ा-सा जरूर किया था, आपको याद होगा।"

"कब?" मैंने नादान बनते हुए कहा।

“उस दिन रात को जब मैं बाहर चला गया था। आपकी सिट्टी-पिट्टी गुम हो गयी थी।”

“तो क्या हुआ?”

“हुआ तो कुछ नहीं मगर हो सकता है। आप जान तो गयी हैं न कि मैं बदमाशी भी कर लेता हूँ।”

“फिर रात में उठकर बाहर चले जाओगे?”

“वह तो कुछ भी नहीं था! उससे बहुत-बहुत ज्यादा।”

अन्तिम वाक्य उसने मुसकराते हुए कहा था। लेकिन धमकी छिपी नहीं रह सकी थी। मैंने फिलहाल चुप रहना ठीक समझा। मुझे मौन देखकर उसने कहा, “तो आप कब भेज रही हैं मुझे गवर्नेस साहिबा?”

मैंने जैसे कुछ विचारते हुए पूछा, “स्कूल में आप खुश थे?”

“खुश तो मैं हर कहीं रहता हूँ।”

“आपने इससे पहले कभी नहीं बताया कि आप स्कूल में खुश थे या कि आप स्कूल वापस जाने के लिए बहुत उत्सुक हैं और अगर आप हर कहीं खुश रहते हैं तो इस गढ़ी में आपको क्या कष्ट है?”

“कष्ट किसे नहीं है?” वह फिर बुजुर्गाना अन्दाज में मुसकराया, “आप सुखी हैं?”

“बहुत!” मैंने भी हँसकर कहा, “लो मन्दिर आ गया। अब जो भी कष्ट हो वे हम-आप भगवान को बता दें और प्रार्थना करें कि इन्हें दूर कर दीजिए।”

उसने मुझे रोकते हुए कहा, “देखिए गवर्नेस साहिबा! मैं अपने ही जैसे लोगों के बीच रहना चाहता हूँ।”

मैंने फिर मजाक का सहारा लिया, “आपके जैसे तो कोई मिलने से रहे। आप लाजवाब हैं, अनुपम हैं। आपकी टक्कर का कोई हो सकता है तो राजश्री हो सकती है।”

“आप मेरा मुकाबला उस बच्ची से कर रही हैं। गवर्नेस साहिबा मुझे राजश्री समझने की भूल हरगिज न करें।”

"क्यों राजश्री आपको प्यारी नहीं?"

"प्यारी है इसी वजह से तो मैं...। प्यारी न होती तो मैं...।"

"तो आप?"

"बनिए मत गवर्नेस साहिबा आपको सब मालूम है।"

थोड़ी देर हमारे बीच खामोशी बनी रही। हम मन्दिर के अहाते में पहुँच चुके थे। कँवर जबरसिंह ने चबूतरे पर बैठकर जूते खोलते हुए पूछा, "क्या हमारे काका-सा भी वही सोचते हैं जो आप सोचती हैं?"

"मैं क्या सोचती हूँ यह आपको कैसे मालूम? या आप अन्तर्यामी भी हैं?"

"नहीं सो तो नहीं हूँ। और आप ऐसा कुछ बताती भी नहीं कि हम अटकल लगा सकें कि आप क्या सोचती हैं। मैं तो सिर्फ यह जानना चाहता था कि काका-सा को मालूम है कि नहीं?"

"क्या?"

"यही सब जो यहाँ हो रहा है।"

"क्या हो रहा है यहाँ।"

"अब आपको यह भी बताने की जरूरत है। मेरा तो ख़याल था आप समझ गयी होंगी।"

"मैं शायद नासमझ हूँ।"

कँवर जबरसिंह जूते-मोजे उतार कर कुएँ पर हाथ-मुँह धो आया। लौटकर उसने नाटकीय अन्दाज में कहा, "नासमझ हैं तो भी कोई फिकर नहीं हम आपको समझदार बना देंगे।"

"हम माने?" मैंने अपनी घबराहट को मुसकान से ढकने की कोशिश करते हुए पूछा।

कँवर जबरसिंह ने बाएँ हाथ की तर्जनी से अपना सीना ठोंकते हुए उत्तर दिया, "हम माने हम! हम कँवर जबरसिंह जी अपनी गवर्नेस साहिबा को समझदार बनाएँगे और फिर भी वह नासमझ रहीं तो अपने काका-सा ठाकुर चमनसिंह जी को बुला भेजेंगे।"

●●

मुझे कँवर जबरसिंह की बातें सुनकर ऐसा लगा कि मैं एक दस वर्ष के बच्चे से नहीं, किसी खुर्राट बदमाश से मुखातिब हूँ। कँवर जबरसिंह की आवाज भी मुझे कुछ अजीब-सी प्रतीत हुई। जैसे वह बच्चा नहीं उसके भीतर बैठा हुआ कोई और व्यक्ति बोल रहा हो। और व्यक्ति? कौन भला? मेरे धड़कते दिल ने जवाब दिया—"रोड़ा, पुराने नौकर का वह प्रेत।" मेरे तन-बदन में सुरसुरी-सी छूट गयी। मुझे काँपता देखकर जबरसिंह ने शाल ओढ़ लेने की नेक सलाह दी जिससे मैं और भी झेंप गयी। मैंने तबीयत ठीक न होने का बहाना बनाया। जल्दी-जल्दी आरती की और बच्चों को भौंरी को सौंपकर वापस चल पड़ी। मेरे लिए अब नादानी का यह सारा भयावह नाटक असह्य हो चला था। मैं एकान्त में सारी स्थिति पर विचार करना चाहती थी। बच्चे मन्दिर से मण्डी जाने वाले थे, इसलिए तुरन्त घर लौट जाने पर मुझे घण्टा-आध घण्टा अकेले में सोच-विचार करने के लिए मिल सकता था। इतना स्पष्ट था कि कँवर जबरसिंह यह जानता है कि स्कूल से उसके निकाले जाने की सूचना उसके चाचा ठाकुर चमनसिंह जी को न देकर गवर्नेस साहिबा भूल कर गयी हैं। इस भूल से फायदा उठाकर गवर्नेस साहिबा को बर्खास्त कराया जा सकता है। यह भी कि गवर्नेस साहिबा आज तक यह पूछने की हिम्मत नहीं कर सकी है कि जबर सिंह को स्कूलों से क्यों बर्खास्त किया गया। इसके माने यही है कि गवर्नेस साहिबा ठाकुर चमनसिंह से ही नहीं कँवर जबरसिंह और उसके रहस्यपूर्ण मित्रों से भी डरती हैं! इस दुहरे डर के आधार पर चोर को कोतवाल और कोतवाल को चोर बनाया जा सकता है। चुनौती यह है कि आप या तो ठाकुर चमनसिंह से अपनी उन आशंकाओं का जिक्र करें जिन्हें कोई भी व्यक्ति कलुषित कल्पना की कृतियाँ ठहराएगा या आप जबरसिंह के बर्खास्त किये जाने का समाचार न देने और उसे किसी अन्य स्कूल

में भरती न कराने के लिए अपने को दोषी ठहराएँ। और अगर आप दोनों ही बातें नहीं कर सकतीं तो कँवर जबरसिंह पर चौबीसों घंटे पहरा रखना छोड़ दें। उसे 'अपने संसार' में जाने दें। यानी ठाकुर चमनसिंह के 'परेशानी से मुक्त रखने' के आदेश का अतिरिक्त उत्साह से पालन करने के कारण मैंने खुद को एक ऐसी परेशानी में डाल लिया था कि अब चित-पट दोनों कँवर जबरसिंह और उसके 'मित्रों' की थी।

मैंने देखा कि महल का सिंहद्वार सामने है। मैं मन्दिर से यहाँ तक चलती हुई नहीं, दौड़ती हुई-सी आयी हूँ। मेरी साँस फूल गयी थी और हवा के काफी सर्द होने के बावजूद मुझे पसीने छूट रहे थे। सिंहद्वार पर सिपाही नजर नहीं आया। मुझे याद आया कि आज वह और दो अन्य नौकर छुट्टी लेकर गये हुए हैं। भौंरी इस समय बच्चों के साथ है। इतने बड़े महल में इस वक्त मुश्किल से आठ-दस नौकर-चाकर होंगे। अगर मैं चाहूँ तो चुपचाप अपना सामान बाँधकर भाग सकती हूँ। सिंहद्वार से महल तक का रास्ता मुझे सर्वथा सूना मिला। वाकई यह अच्छा मौका था—इस सारे झमेले से अश्रुहीन विदाई ले लेने का। विडम्बना यह है कि मेरी आँखों से आँसू टपके चले जा रहे थे। मैं अपने कमरे में गयी, कपड़े तह करके बक्से में बन्द करने लगी। कपड़ों के बाद किताबों की बारी आयी। उन्हें सँभालते हुए मुझे एक ऐसी पोथी मिली जो मेरी नहीं थी। यह एक पाण्डुलिपि थी। शायद महल के पोथीखाने की रही हो। मगर निश्चय ही मैं इसे नहीं लायी थी। मैंने देखा कि उसमें एक कागज दबा पड़ा है, मानो पृष्ठ-विशेष पर निशान लगाने के लिए। उसी कागज पर अँगुली रखकर पोथी खोली तो संस्कृत और डिंगल भाषा में लिखे हुए कुछ विचित्र श्लोक और सूत्र मिले। दोनों ही भाषाओं में मेरी गति अच्छी नहीं थी। इतना ही समझ पायी कि एक अवस्था ऐसी भी है जिसमें प्रेतलोक और मर्त्यलोक के वासी एक तीसरे ही लोक में साथ-साथ रह सकते हैं और आपस में हर तरह के सम्बन्ध स्थापित कर सकते हैं। आगे कुछ पढ़ने या

समझने की जरूरत नहीं थी। प्रेतलोक या मर्त्यलोक का जो भी वासी यह पोथी मेरे कमरे में रख गया था वह मुझे मात्र इतनी ही सूचना देना चाहता था। सूचना या चेतावनी? मुझे उस रात की घटना याद हो आयी जब सीढ़ियों पर रोड़ा की छाया ने मुझे निहायत ही गन्दी नजरों से बाँधे रखा था। उसका वह हँसना और कन्धे उचकाकर चले जाना! मुझे लगा कि वह यहाँ मुझे अकेला देखकर फिर आयेगा। उसी तरह मुझे दृष्टिपाश में बाँध लेगा। और...

मैंने अपना सामान और भी जल्दी-जल्दी समेटना शुरू किया। तभी याद आया कि कुछ चीजें नीचे स्टडी-रूम में रखी हुई हैं। दौड़ी-दौड़ी वहाँ पहुँची, पर दरवाजे पर ही ठिठककर रह गयी। वहाँ मेरी कुर्सी पर बैठी हुई, मेरी मेज पर झुकी हुई, मेरे कलम से, मेरे पैड पर वह कुछ लिख रही थी। वह कौन थी? वह और कौन हो सकती थी! यों मैंने यह सोचकर अपने को ढाढस बँधाने की कोशिश की कि यह शायद किसी नौकर की कोई रिश्तेदार होगी। गवर्नेस साहिबा को गैर-हाजिर देखकर इसे कुछ देर गवर्नेस साहिबा बन बैठने का शौक चर्राया होगा। मैंने झूठमूठ ही गला खँखार कर साफ किया। आवाज होने पर उसने निगाह उठाई। हाँ, यह कामिनी बाई ही थी, भूतपूर्व गवर्नेस और रोड़ा की अभूतपूर्व प्रेमिका। उसने मुझे कुछ ऐसी निगाहों से देखा मानो कह रही हो कि यह मेरा अध्ययन-कक्ष है, यहाँ शोर करना मना है, आपको भीतर आना हो तो चुपचाप किसी कोने में जा बैठिए। इस फटकार से मैं तिलमिला उठी। यह प्रेतनी हो या चुड़ैल, मेरा इस तरह मेरे ही कमरे में अपमान नहीं कर सकती। मैं मजबूत कदमों से उसकी ओर बढ़ी। ऐन उसके नजदीक पहुँच गयी। वह कुर्सी खिसकाकर कुछ इस अन्दाज से उठी मानो कुर्सी छोड़ते हुए बहुत तकलीफ हो रही हो, मानो एक जिद्दी बच्ची की जिद रखने के लिए ही वह यह कुर्सी कुछ देर के लिए छोड़ रही हो। मुझसे कोई डेढ़ हाथ के फासले पर खड़ी हुई उस छाया ने फिर मेरा एक बार बिन्दी से सेंडल तक और एक बार सेंडल

से बिन्दी तक मुआयना किया। फिर वह कुछ इस तरह मुसकराई मानो कह रही हो, "बहुत आकर्षक तो नहीं हो, मगर चलेगा, कोई इतनी बुरी भी नहीं।" छाया के हाथ मेरी ओर बढ़े। मैं चीख पड़ी, "खबरदार चुड़ैल! मुझे मत छूना!"

मेरी चीख उस खाली कमरे और महल के सूने गलियारों में गूँज उठी। बूढ़ा माली खेत्या दौड़ा-दौड़ा आया। "काँई हुयो?" उसने पूछा तो मैंने पाया कि मेरा जवाब एक ही हो सकता है–"कोई कोणी"–कुछ भी नहीं। उस कमरे में अब वह थी ही नहीं। बस मैं थी और जाड़ों की दुपहरी की मीठी धूप थी। और अगर मैं ऐसे सुहावने धूप-खिले दिन में भी भय और क्रोध से थर-थर काँप रही थी तो इसे मेरी स्नायुविक दुर्बलता का ही लक्षण माना जा सकता था। और अगर इस घटना के तुरन्त बाद मेरे बगैर बताए महल से भाग खड़े होने की घटना प्रकाश में आती है तो यही कहा जायेगा कि गवर्नेस साहिबा का "माथा खराब हो गया था।" यह सुन-सुनकर वह चुड़ैल किस कदर हँसेगी! नहीं, मैं नहीं जाऊँगी, मैं इस मामले को निपटाकर ही इस महल से विदा होऊँगी। मैं किसी से नहीं डरती। मैं आज ही शाम ठाकुर चमनसिंह को पत्र लिखूँगी। इस फैसले ने मुझे दृढ़ता प्रदान की। मैंने खेत्या को समझा दिया कि मेज के नीचे एक साँप देखकर मैं घबरा गयी थी। अब तो वह साँप भाग गया है!

●●

उस रात राजश्री को सुला चुकने के बाद मैं देर तक अपने कमरे में कोरा कागज लिए बैठी रही। ठाकुर चमनसिंह को क्या पत्र लिखूँ यह समझ में ही नहीं आ रहा था। बाहर तेज आँधी चल रही थी, बिजली रह-रहकर तड़प रही थी, कुछ छींटे भी पड़ चुके थे। मैं कागज को कोरा ही छोड़कर उठ खड़ी हुई। कुछ देर तक हवा का रोना-धोना सुनती रही। मन सहसा कई आशंकाओं से भर गया।

एक मोमबत्ती जलाकर मैं कमरे से बाहर निकल आयी। पहले राजश्री के कमरे में झाँका। वह गहरी नींद में थी। फिर मैं कँवर जबरसिंह के कमरे के दरवाजे पर दुबककर जा खड़ी हुई। सहसा अँधेरे को खनखनाता हुआ उसका स्वर सुनाई पड़ा, "बाहर क्यों खड़ी हैं, गवर्नेस साहिबा! भीतर आइए न।"

मैं भीतर पहुँची। वह नाइट-सूट की जगह बाहर जाने के कपड़े पहने हुआ था– जूता-जुर्राब भी। मैं इस तैयारी के बारे में कुछ पूछती इससे पहले उसने ही सवाल कर डाला, "इतनी रात गये आप बाहर कैसे?"

"मैं तो यह देखने आयी थी कि तुम्हें कोई जरूरत तो नहीं है। लेकिन तुम्हें पता कैसे चला?"

"आप गवर्नेस साहिबा जब दबे पाँव चलती हैं न तो घुड़सवारों के हमले का धोखा होता है!" उसने ठहाका मारकर कहा।

"मगर आप अब तक सोए क्यों नहीं?"

"आप भी तो नहीं सोयीं! मुझे भी आपकी तरह सोचते रहने की बुरी आदत है।"

"क्या सोचते रहते हैं आप?"

"आपके बारे में सोचता रहता हूँ गवर्नेस साहिबा!"

"मेरे बारे में!" मैंने आश्चर्य जताते हुए कहा, "सो क्यों?"

"इसलिए कि आप भी तो मेरे ही बारे में सोचती रहती हैं।" कँवर जबरसिंह ने मुसकराकर जवाब दिया, "हम दोनों को ही चैन नहीं है।"

"नहीं, मुझे तो पूरा चैन है!" मैंने अपना स्वर संयत रखने की कोशिश करते हुए कहा, "आप अलबत्ता कुछ बेचैन नजर आते हैं। क्यों भला!"

"उसी वजह से, जिस वजह से आप इतनी रात गये मेरे दरवाजे पर दुबकी खड़ी थीं।"

मैंने उसका हाथ अपने हाथ में ले लिया और कहा–"आप क्यों पहेलियाँ बुझवाते हैं?"

"आपको पहेलियों से बहुत प्यार है—इसलिए!" उसने मेरा हाथ हौले-से दबा दिया।

मुझे उसका यह आचरण बालकोचित नहीं प्रतीत हुआ। बात बदलने के लिए मैंने कहा, "अगर आप स्कूल भेजे जाने के लिए परेशान हैं तो यह परेशानी मैं निश्चय ही दूर करा दूँगी। आप जानते ही हैं कि पुराने स्कूल में आपको अब भेजा नहीं जा सकता। नये स्कूल के बारे में भी थोड़ा सोच-विचार करना होगा।" वह चुपचाप मेरी बात सुनता रहा। मोमबत्ती की हल्की रोशनी में उसका चेहरा बहुत ही निरीह नजर आ रहा था। मेरे मन में उसके लिए ममता उमड़ पड़ी। मुझे इस भोले-भाले बच्चे के बारे में किसी भी तरह का शक करना महापाप मालूम होने लगा। मैंने अपने को समझाया कि यह अगर कुछ बुरा कहता या करता है तो परवश होकर। मुझे भय और घृणा इससे नहीं उन छायाओं से होनी चाहिए। मैंने बहुत लाड़ से उसका माथा सहलाना शुरू कर दिया और कहा, "आपने आज तक अपने स्कूल की कोई बात नहीं बताई मुझे। क्यों भला?"

उसने तुरन्त कुछ कहा नहीं। वह कुछ सोचता हुआ, बल्कि किसी खामोश आवाज को सुनता हुआ-सा मालूम हुआ। जैसे इस सवाल का जवाब कोई अदृश्य व्यक्ति उसके कानों में फूँकने वाला हो। फिर उसने अचरज जताते हुए कहा, "कभी कोई बात ही नहीं बताई! ऐसा कैसे हो सकता है।" लेकिन यह कहते हुए उसकी आवाज कुछ लड़खड़ा गयी। शायद कान में मन्तर फूँकने वाला इस समय मौजूद नहीं था। इसीलिए इस बच्चे को कोई माकूल जवाब सूझ नहीं पा रहा था। मुझे उस पर बहुत दया आयी।

लाड़-भरी एक चपत जमाते हुए मैंने कहा, "देखिए अब आप बेकार बन रहे हैं। आप बहुत अच्छी तरह जानते हैं कि आपने कभी अपने पुराने स्कूल का कोई जिक्र नहीं किया। कभी यह नहीं बताया कि वहाँ क्या हुआ था। कभी यह भी नहीं कहा कि आपके मन में स्कूल जाने

की बहुत इच्छा है। आज ही सहसा आपने स्कूल जाने की रट लगा दी है। अब आप ही बताइये कि आपको मैं पहेली न समझूँ तो क्या समझूँ? यह अन्तिम वाक्य मुझे खुद खासा अटपटा मालूम हुआ। मैंने लक्ष्य किया कि मैं इस बच्चे को सचमुच सयाना मान बैठी हूँ और उसी अन्दाज में बात कर रही हूँ जिसमें हम उम्र लोगों से बात की जाती है। तो मैंने बातचीत का रुख बदलते हुए कहा, "मैं तो यही समझती थी कि आपको यहाँ महल में रहना अच्छा लगता है।"

वह झल्लाकर बोला, "मुझे कुछ अच्छा नहीं लगता। मैं जाना चाहता हूँ।"

"इस महल से आप ऊब गये हैं?"

"इससे कैसे ऊब सकता हूँ। यह तो मेरा घर है।"

"तो?"

"मैं राजपूत बच्चा हूँ, छोकरी नहीं। मैं... मैं औरतों से घिरा नहीं रहना चाहता!"

"आपको काका-सा के पास शहर भेज दें?"

इस पर वह कुछ देर खामोश रहा। फिर उसके कान खड़े हो गये। शायद ये खामोश आवाजें उसे फिर सुनाई देने लग गयी थीं। वह सहसा खिलखिलाया, "आपका भी जवाब नहीं है गवर्नेस साहिबा। कितनी आसानी से मुझे भगा देना चाहती हैं! मगर मैं भी कम होशियार नहीं हूँ।"

"मैंने कब कहा कि आप होशियार नहीं हैं कँवर साहेब। और मैं भला आपको यहाँ से भगाना क्यों चाहने लगी?"

"आप हमें शौक से भगाइए गवर्नेस साहिबा, लेकिन इस तरह जल्दबाजी न कीजिए। हमारे काका-सा को यहाँ बुलाइए। उनसे बातचीत करके कोई पक्का बन्दोबस्त कराइए।" यह कहकर कँवर जबरसिंह दोनों मुट्ठियों का तकिया बनाकर आराम से लेट गया और रोशनदान की ओर सवालिया निगाहों से देखने लगा। मानो पूछ रहा हो—"इसी तरह कहना था न?"

मैंने कहा, "बन्दोबस्त जो भी होगा सो आपको इस महल से विदा कराके रहेगा—यह जानते हैं न?"

वह बोला, "यही तो हम चाहते हैं गवर्नेस साहिबा। और, घणी खम्मा, बन्दोबस्त होने से पहले, रामजी आपको नेकी दे, काका-सा के कई सवालों का आपको जवाब देना पड़ेगा...यह जानती हैं न!"

उसके स्वर में इतना क्रूर विजयोल्लास था कि मैंने भी कुछ गरम होकर व्यंग्यपूर्ण स्वर में कहा, "घणी खम्मा अन्नदाता जी! जवाब तो आपको भी कई सवालों के देने होंगे।"

..."तो दे देंगे! हमसे कोई भी ऐसी क्या बात पूछ सकता है कि हमारी जुबान पर ताला पड़ जाये!"

"आपने शायद गौर नहीं किया कि कई मामलों में आपकी जुबान पर ताला पड़ा ही हुआ है। पिछले स्कूल की एक-एक बात पूछे बगैर ठाकुर साहब आपको किसी नये स्कूल में भरती कराएँगे नहीं।"

"नये स्कूल में भरती कौन होना चाहता है! हमें तो बस नया मैदान चाहिए। खुला मैदान!" यह बड़बोल बालक जबरसिंह के मुँह से सुनकर मुझे फिर उसके परवश होने का आभास मिला। क्या मेरा स्नेह इस बच्चे को छायालोक के उन वासियों से बचा नहीं सकता? क्या मुझ जीती-जागती का प्यार उन प्रेतों के प्यार को जीत नहीं सकता? चुनौती जब इस रूप में सामने आयी तब मैंने बालक को अपने अंक में भर लिया और विह्वल स्वर में कहा, "म्हारा लाड़ला कँवर जी! म्हारा लाड़ला जबरसिंह जी महाराज!

इस पर कँवर जबरसिंह ने प्रजा को सम्बोधित करते हुए राजा के स्वर में पूछा, काँई माँगे छै रे डोकरी?"

मुझे डोकरी यानी बुढ़िया कहे जाने पर कोई एतराज नहीं हुआ। मैंने हँसते हुए कहा कि मैं सच्चाई और इन्साफ माँगती हूँ महाराज। कँवर जबरसिंह ने उसी राजसी अन्दाज में जवाब दिया कि दरबार इन मामलों में उलझना नहीं चाहता, दीवान साहेब से कहो—दरबार को तो

सब परेशानियों से दूर अपनी मस्ती में मस्त रहने दो। मैंने देखा यों बात बनेगी नहीं, इसलिए कुछ कठोर स्वर में कहा, "आप चाहते क्या हैं?"

उसने हँसकर कहा, "यही कि आपको मेरे बारे में परेशान रहने की कोई जरूरत न रहे!"

मैंने उसे अपने स्नेह-पात्र से मुक्त कर दिया। मैं उठ खड़ी हुई। चलने का इरादा हुआ लेकिन रुक गयी। एक अन्तिम अस्त्र आजमाने का लोभ संवरण कर नहीं पाई। धमकी भरे स्वर में कहा, "मैंने आपके काका साहेब के नाम चिट्‌ठी शुरू कर दी है।"

लेकिन यह हथियार भी बेकार गया, उसने हँसकर कहा, "बधाई! अब उसे झटपट पूरा करके भिजवा दीजिए।"

मैंने गम्भीर स्वर में कहा, "मैं किसी बात से डरती नहीं हूँ। मुझे बहुत कुछ मालूम है। रहा-सहा भी मालूम कर लूँगी। और आप ही बताएँगे!"

"क्या बताऊँगा?" उसका स्वर कुछ घबराया हुआ था।

उसकी घबराहट से मेरा हौसला बढ़ा, मैंने कहा, "आप जानते हैं कि आपको क्या बताना होगा।" मैं उसकी चारपाई के बिल्कुल नजदीक आकर घुटनों के बल बैठ गयी। उसका हाथ अपने हाथ में लेकर मैंने उसी दृढ़ता से कहा, "आपको बताना ही होगा कँवर साहेब। आप बताना भी चाहते हैं। आप डरते हैं बताते हुए। लेकिन आप अगर नहीं बताएँगे तो मैं आपको बचा कैसे सकूँगी। और एकलिंग महाराज की सौगन्ध मैं आपको बचाकर रहूँगी, भले ही मुझे कोई कितना ही क्यों न डरा ले, मेरी जान ही क्यों न ले ले। मैं आपको बचाऊँगी, बचाकर रहूँगी!"

तभी सामने की खिड़की को खोलता हुआ एक जोर का झोंका आया। मोमबत्ती बुझ गयी। और घुप अँधेरे में कँवर जबरसिंह का ठहाका गूँज उठा, "आप तो एक मामूली मोमबत्ती को नहीं बचा पातीं गवर्नेस साहिबा! देखिए न हमने कैसे एक फूँक से उड़ा दी!"

अब तक मुझे कुछ-कुछ सूझने लगा था। मैंने देखा कि सामने की खिड़की बन्द है। हवा के झोंके की कोई भी यादगार, अपनी जगह से उड़ी या गिरी हुई कोई भी चीज कमरे में नजर नहीं आ रही है। मोमबत्ती भी गिरी हुई नहीं सिर्फ बुझी हुई है। मुझे कुछ हैरान देखकर कुँवर जबरसिंह ने कहा, "आप हमारी एक फूँक से ही घबरा गयीं गवर्नेस साहिबा?"

●●

अगले दिन सुबह-सुबह मैंने ठाकुर चमनसिंह के नाम पत्र लिखकर लिफाफे में बन्द कर दिया। लेकिन उसे तुरन्त भेजा नहीं क्योंकि पत्र पूरा होने तक बच्चों की सुबह की पढ़ाई का समय हो चुका था। बच्चों ने उस दिन बड़े उत्साह से मेरा स्वागत किया। पढ़ने में खूब ही मन लगाया। मुझे अपनी नादान बातों और हरकतों से मोह लेने की हरचन्द कोशिश की। मुझे फिर यही ताज्जुब हुआ कि इन बच्चों को कोई बुरा कैसे कह सकता है? लेकिन इस बीच इतना कुछ देख-सुन चुकी थी कि इन्हें भोला मानना भी अब असम्भव जान पड़ता था। मैंने यही मानने का फैसला किया कि ये बच्चे खुद तो अच्छे हैं लेकिन कुछ बुरी आत्माओं के बस में हैं। उनका यह मनमोहक स्वरूप देखकर मुझसे यह स्वीकार करते नहीं बना कि बुराई के बस में होने के कारण ये स्वयं कोई बुरा काम कर सकते हैं। लेकिन अगर ऐसा है तो कँवर जबरसिंह को स्कूल से क्यों निकाला गया, मुझसे पहले और कामिनी बाई के बाद जो भी गवर्नेस राजश्री के लिए रखी गयी वह यहाँ से कुछ ही दिन में क्यों भाग खड़ी हुई? इस शंका का मेरे पास कोई युक्तियुक्त उत्तर नहीं था।

उस दिन कँवर जबरसिंह मुझसे कुछ अतिरिक्त ही लाड़ जताता रहा। जहाँ मैं जाती वहीं चला आता। जैसे यह जानना चाहता हो कि यह सही है कि मैंने आपसे आजादी की माँग की है लेकिन इसके माने

यह नहीं है कि मुझे आपकी सोहबत ही सख्त नापसन्द है, मैं आपके साथ रहना चाहता हूँ, शर्त बस इतनी-सी है कि आप जासूसी करना छोड़ दें; जब मैं अपने मित्रों के पास जाना चाहूँ तब आप पीछे-पीछे आने की कोशिश न करें। मैं उसके इस भाव को बखूबी ताड़ गयी थी। लेकिन मैंने इसकी प्रतिक्रिया में कुछ कहा या किया नहीं। तटस्थ बनी रही। दोपहर का भोजन करने के बाद मैं विश्राम कर रही थी कि जबरसिंह ने आकर कहा, "आज हम आपको गाना सुनाएँगे गवर्नेस साहिबा, और आप हमको।" मुझे वह लगभग जबरदस्ती बड़ी बैठक में घसीट ले गया जहाँ एक छोटा पियानो रखा हुआ था। पहले राजश्री ने गाना गाया और पियानो पर कँवर जबरसिंह ने संगत की। फिर कँवर जबरसिंह पियानो के स्टूल से उतर गया और मुझे स्टूल पर प्रतिष्ठित कर दिया गया। कँवर जबरसिंह पियानो की बगल पर कुहनी और गदोली पर ठोढ़ी टिकाकर मुझ पर झुक आया और उसने मन्द गम्भीर स्वर में गाना शुरू किया, "हमें भूल जाना, इन्हें ना भुलाना।" मैं साथ में पियानो बजाती रही। गाना खत्म हुआ तो मुझे कुछ भूल जाने का अहसास हुआ—राजश्री कहाँ है? इस बीच वह कब चुपचाप खिसक गयी थी? अब कँवर साहेब का मुझ पर झुक आने का राज भी समझ में आया, इस तरह उन्होंने राजश्री और मेरे बीच एक दीवार बना दी थी!

"राजश्री बाई कहाँ गयी कँवर साहेब?" मैंने पूछा।

वह कुछ देर इधर-उधर ढूँढ़ने का अभिनय करता रहा और फिर बोला, "पता नहीं कहाँ गयी—यहीं तो थी जब मैंने गाना शुरू किया।"

मैंने राजश्री को दो-एक आवाजें दीं। उसके कमरे में देखा। भौंरी को उसे खोजने भेजा। मगर वह कहीं मिली नहीं। मैंने भौंरी से कहा, "वह जरूर उस चुड़ैल के पास चली गयी होगी और जब हम उसे खोजने निकलेंगे कँवर साहेब अपने दोस्त रोड़ा के पास पहुँच जायेंगे। इन सबकी ऐसी ही मिली-भगत है।"

भौंरी बोली, "घणी खम्मा गवर्नेस साहिबा! मुझे लगता है आप बात का बतंगड़ बना रही हैं।"

"मैं जानती हूँ कि तुम क्या कहना चाहती हो। लेकिन विश्वास करो मेरा दिमाग खराब नहीं हुआ है। तुम झटपट मेरे साथ चलो। आज हम मिलकर उस कामिनी बाई की खबर लेंगे।" यह कहकर मैं उस बड़ी झील की ओर दौड़ पड़ी जिसके आस-पास मैंने राजश्री को इधर बहुत चक्कर काटते देखा था और जिसे हम लोगों ने 'प्रशान्त महासागर' का नाम दे रखा था। भौंरी मेरे पीछे-पीछे दौड़ी। इस 'महासागर' के घाट पर एक नाव बँधी रहती थी। वह इस समय कहीं नजर नहीं आयी। मैंने भौंरी से कहा कि हो-न-हो राजश्री नाव पर सवार होकर चली गयी है; नाव उसने कहीं कुंजों के बीच छिपा दी है; हमें किनारे-किनारे चल पड़ना चाहिए। किनारे के झाड़-झंखाड़ और पेड़ों के बीच से रास्ता बनाते हुए हम बढ़ चले। किनारे की आधी लम्बाई तय कर चुके होंगे कि हमें एक पेड़ से बँधी हुई नाव मिल गयी। भौंरी का कहना था कि राजश्री अकेली न तो नाव खेकर यहाँ तक ला सकती है और न इस तरह उसे तट से बाँध सकती है। मैंने उसे याद दिलाया कि राजश्री अकेली नहीं है। मेरा इशारा समझकर वह काँप उठी और लौट चलने का आग्रह करने लगी। लेकिन मैं यों हार मानने वाली नहीं थी। मैं भौंरी को घसीटती हुई साथ ले चली। अब हमारे सामने एक पुराना और लगभग टूटा हुआ लकड़ी का फाटक था। मैं जानती थी कि इसके बाद कुंजों से घिरी हुई थोड़ी-सी खुली जगह है। मेरा मन कह रहा था कि राजश्री वहीं होगी।

मेरा अनुमान सही निकला। फाटक उठाकर ज्योंही हमने उस खुली जगह में कदम रखा राजश्री घास में बैठी नजर आयी। पहले तो वह कुछ चौंकी। फिर हमें देखकर मुसकराने लगी। हम ठगे-से खड़े रहे। फिर भौंरी ने लपककर राजश्री को गोदी में उठा लिया और अपनी छाती से लगा लिया। राजश्री ने मुझसे कहा, "वाह, कँवर साहब क्यों

नहीं आये। वह तो कह रहे थे आपको साथ लेकर आयेंगे। यहाँ हम सब मिलकर गोठ करेंगे!"

इस झूठ से मैं तिलमिला उठी। नादानी का नाटक मुझसे अब और नहीं करते बना। मैंने कहा, "वह तो मैं बता दूँगी लाड़ो बाई पहले आप तो यह बताइए कि वह...।" मेरी आवाज काँप उठी।

"वह?" राजश्री ने मुझे हिकारत से देखते हुए पूछा।

"हाँ, हाँ, वह, कामिनी बाई! कहाँ है वह?"

●●

मैंने यह नाम क्या लिया मानो किसी शीशे को तोड़ दिया। राजश्री के चेहरे पर नफरत नाच उठी। भौंरी ने चीखकर कहा, "बच्ची को परेशान मत कीजिए गवर्नेस साहिबा!" और झील के दूसरे किनारे पर से किसी औरत का क्रूर अट्टहास सुनाई पड़ा। मैंने भौंरी को झकझोरा और चीखकर कहा, "सुनती नहीं, वह हँस रही है!" और तभी कामिनी बाई की छाया उस पार के एक कुंज से निकलकर झील के किनारे आ खड़ी हुई। मैं उसे देखकर जितनी भयभीत हुई उतनी ही आश्वस्त भी। अब कोई नहीं कह सकता था कि प्रेत-व्रेत की बात मेरी आक्रान्त कल्पना की उपज है। वह उस पार ऐन हमारी सीध में खड़ी थी और भौंरी उसकी उपस्थिति की चश्मदीद गवाह थी। मैंने उल्लास भरे स्वर में कहा, "वह रही! वह सामने! देख रही है ना भौंरी !" भौंरी ने मेरी तर्जनी द्वारा इंगित दिशा में देखा और उसका चेहरा सहसा रक्तहीन हो उठा। मैंने अपनी नजर राजश्री की ओर घुमाई जो इस हो-हल्ले में भौंरी की गोद से उतर पड़ी थी। उसके चेहरे पर घबराहट की कोई निशानी नहीं थी। वह कामिनी बाई की ओर न देखकर मुझ पर दृष्टि गड़ाए हुए थी—कुछ इस तरह मानो मैं कोई गलीज औरत हूँ जिसे वह अपने दृष्टि-तेज से भस्म कर डालना चाहती है। यह मुद्रा उस सात साल की बच्ची को सौ घाटों का पानी

पी हुई किसी कुलटा का रूप दिये डाल रही थी। सच कहूँ मुझे उस क्षण राजश्री कामिनी बाई की प्रेत-छाया से भी अधिक भयंकर प्रतीत हुई। मैंने चुनौती भरे स्वर में कहा, "अब देखती क्यों नहीं हो उसे जिससे मिलने यहाँ आयी थीं!"

इस पर राजश्री ने अपने पाँव पटकते हुए कड़कती आवाज में कहा, "भौंरी, इधर आओ!"

भौंरी हाथ जोड़कर खड़ी हो गयी, बोली, "घणी खम्मा!"

राजश्री ने ठेठ राजसी ठाठ दिखाते हुए पूछा, "यह सब क्या तमाशा है। क्या देखती थी उधर। कोई है भी वहाँ?"

भौंरी ने हँसने की कोशिश करते हुए कहा, "घणी खम्मा, गवर्नेस साहिबा आपने तो मुझे बिल्कुल डरा ही दिया था। सचमुच वहाँ तो कोई भी नहीं है! और मरा हुआ कोई इस तरह लौटता है भला! देखिए गवर्नेस साहिबा आप इस तरह का मजाक न किया करें! मैं ही काँप उठी थी, फिर हमारी नन्ही...।"

राजश्री ने उसे टोका, "नन्ही-वन्ही कुछ नहीं! गवर्नेस साहिबा को बता दो कि राजश्री उम्र में छोटी है मगर खोटे लोगों की खोटी बातें सब समझती है, जानती है। अब चलो यहाँ से।"

मैंने भौंरी से कहा, "देखे को अनदेखा मत करो!"

इस पर राजश्री ने चीखकर कहा, "मुझे यहाँ से ले चलो। मैं एक मिनट भी इस चुड़ैल के साथ नहीं रहना चाहती!"

मैं स्तब्ध रह गयी—"मैं चुड़ैल!"

भौंरी ने राजश्री को गोद में उठाया और चल दी। मुझे अपना कोई होश नहीं रहा। स्थिति की पूरी भयावहता अब मेरे सामने प्रकट हुई। उसे नहीं, मुझे चुड़ैल समझा जायेगा। जाने कितनी देर तक मैं वहीं बैठी-बैठी आँसू बहाती रही। साँझ डूब जाने पर ही मुझे अपनी सुध आयी। वापस महल पहुँची तो मालूम हुआ कि राजश्री ने अपना सारा सामान मेरे कमरे के पास वाले कमरे से हटवा कर भौंरी के कमरे के

पास वाले कमरे में भिजवा दिया है। मुझे बताया गया कि इस समय बाई-सा वहीं आराम करते हैं।

अगले दिन सुबह भौंरी को मैंने बुला भेजा। भौंरी ने बताया कि बच्ची की तबीयत कुछ नासाज है। मैंने पूछा कि क्या वह अब भी यही कहती है कि कामिनी बाई वहाँ नहीं थी? इस पर भौंरी बोली, "इस बात को क्यों बार-बार उठाती हैं गवर्नेस साहिबा! मुझे भी वहाँ सच कहूँ कोई दिखाई नहीं दिया था।" मैंने कहा कि "ठीक है तुमने नमक खाया है इनका, इसलिए रात को दिन और दिन को रात कहने के लिए मजबूर हो, अपने को और मुझे अन्धा तुम ठहरा सकती हो, दरबार की बिटिया रानी को झूठा कहने की जुर्रत नहीं कर सकती।"

मेरी बात सुनकर भौंरी कुछ देर चुप रही। फिर उसने कहा, "मेरी यही विनती है कि आप इस मामले को अब न उठाएँ। राजश्री को कुछ दिन मेरे ही पास रहने दें। अभी तो वह आप से बात करने तक को तैयार नहीं है!"

"क्या कहती है?"

"अब मैं कैसे बताऊँ क्या कहती है। मैं तो सुन-सुनकर दंग रह गयी हूँ। भले घर की बच्ची को यह सब किसने समझाया-बताया!"

"उसने, उस कामिनी बाई ने! अब तो तुम्हें मिला सबूत।"

"लेकिन घणी खम्मा, बाई-सा तो कहती है। यह सब आप ने उसे बताया है।"

"मैंने! मैंने एक बच्ची को ऐसी बातें सुनाईं-बताईं जिन्हें दुहराते हुए महल की दावड़ी तक को शर्म आती हो।"

"अब मैं क्या कहूँ। कुछ समझ में नहीं आता।"

मैं कुछ देर सोचती रही। फिर मैंने कहा, "तुम राजश्री को लेकर शहर चली जाओ ठाकुर चमनसिंहजी के पास।"

●●

भौंरी मेरा प्रस्ताव सुनकर सोच में पड़ गयी। फिर उसने पूछा, "मैं तो राजश्री बाई को लेकर चली जाऊँगी, और आप?"

मैंने कहा, "मैं यहीं रहूँगी कँवर साहब के साथ।"

भौंरी बोली, "आप और कँवर साहब भी साथ चलें तो अच्छा हो।"

मैंने कहा, "यही तो वे लोग चाहते हैं। मगर मैं ऐसा नहीं होने दूँगी। मुझे विश्वास है कि यहाँ अकेले रह जाने पर कँवर साहब मुझे सब कुछ बता देंगे। मैं तुम्हें बताना भूल गयी। कल रात वह मेरे कमरे में देर तक चुपचाप बैठे रहे। कुछ घबराए-से नजर आते थे। मुझे ऐसा लगा जैसे कुछ बताना चाहते हैं मगर बताते हुए हिचक रहे हैं। भौंरी, कँवर साहब मुझे जरूर सब कुछ बता देंगे और मैं इन बच्चों को उन नरक के कीड़ों से बचा सकूँगी। बस दो-एक दिन मुझे और मिल जायें तो मैं इस रहस्य की थाह पा लूँगी। जब कँवर साहब को मैं सही राह पर ले आऊँगी तब मुझे कोई चिन्ता नहीं रहेगी। फिर ठाकुर साहब को मुँह दिखाते मुझे शर्म नहीं आयेगी। मैं उन्हें बता सकूँगी कि मैंने उनके स्वर्गीय भाई साहब के बच्चों को एक भयंकर स्थिति से उबार लिया है। अगर मैं इस समय कँवर जबरसिंह को लेकर वहाँ चली गयी तो ये भाई-बहन उन कमीनों के इशारे पर मुझे ही चुड़ैल सिद्ध कर देंगे।"

भौंरी ने कहा, "आप मेरी मानिए गवर्नेस साहिबा, यहाँ से चली जाइए। इस महल में रहने का अब कोई काम नहीं है। यहाँ कभी बहुत ही जिन्दादिल लोग रहते थे। उन्होंने जिन्दगी छककर जी। उनके उठ जाने के बाद इस महल को भी मर जाना चाहिए था। अब यहाँ कोई आदमी नहीं रह सकता। रहेगा तो खुद भी उन गुजरे हुए लोगों की दुनिया का वासी हो जायेगा। आप क्यों नाहक छायाओं को छेड़ रही हैं।"

भौंरी की बात सुनकर मेरा मन काँप उठा। मगर मेरे अहम् ने इतना आगे बढ़ चुकने के बाद कदम पीछे हटाने से इनकार कर दिया। मैंने भौंरी से कहा, "तुम मेरी चिन्ता छोड़ो और राजश्री को लेकर चली जाओ। मेरी चिट्ठी वहाँ तब तक पहुँच चुकी होगी।"

भौंरी बोली, "चिट्ठी तो नहीं पहुँची होगी। शहर जाने वाले कागजों में से कोई उसे उठा ले गया।"

"कौन? कौन उठा ले गया?"

"नायब जी ने मालूम करने की बहुत कोशिश की मगर कुछ पता नहीं चला। चौकीदार कहता है कि कँवर साहब को दफ्तर से निकलते उसने देखा था।"

मैंने इस पर कोई टिप्पणी नहीं की। मगर मन ही मन सोचा कि इस मामले के आधर पर मैं कँवर जबरसिंह से बहुत कुछ कबूल करा लूँगी। यह सारा प्रकरण सुखान्त सिद्ध होगा। कँवर जबरसिंह को उन कलुषित छायाओं से मैं बचा लूँगी, उसे बचाकर मैं अपनी कर्तव्यपरायणता सिद्ध कर सकूँगी और भगवान निश्चय ही इसका पुरस्कार मुझे देगा। जहाँ कँवर जबरसिंह छायामुक्त हुआ, राजश्री भी देर-सबेर हो ही जायेगी। फिर ठाकुर चमनसिंह के साथ दो स्वस्थ-प्रसन्न बच्चे होंगे, पुरानी आज्ञाकारिणी दावड़ी भौंरी होंगी और...और मैं होऊँगी। और हम सब इस भुतहा महल को छोड़कर शहर में जा बसेंगे।

●●

मेरी सुखद कल्पनाओं को एक जबरदस्त धक्का तब लगा जब राजश्री की तबीयत रवाना होने से पहले काफी खराब हो गयी। उसे तेज बुखार आ गया और बुखार में वह मेरे विरुद्ध प्रलाप करने लगी। मैंने डॉक्टर बुलवाया और डॉक्टर के साथ ही राजश्री को शहर भेजा। भौंरी और राजश्री के चले जाने के बाद महल मुझे सहसा बहुत सूना और डरावना मालूम होने लगा। सभी नौकर-चाकर मुझे विचित्र दृष्टि से देख रहे थे। राजश्री की बड़बड़ाहट उन्होंने सुनी थी और राजश्री तथा भौंरी के इस तरह सहसा विदा कर दिये जाने से भी उन्हें संकट का बोध हो सका था। वे यह समझ गये थे कि इस सारे संकट की जड़ में गवर्नेस साहिबा ही विराजमान हैं। कँवर जबरसिंह भी मुझसे दूर

ही दूर रहा। मैं अकेली यहाँ-वहाँ पागलों की तरह भटकती रही। हर सूने कोने से मुझे रहस्यमयी आवाजें सुनाई दीं, अज्ञात छायाएँ दिखाई दीं। मुझे ऐसा महसूस होने लगा कि अगर महल के लोग इतनी ही उपेक्षा करते रहे और महल के प्रेत इतनी ही खोज-खबर लेते रहे तो मैं सचमुच ही पागल हो जाऊँगी। मैंने एक बार कँवर जबरसिंह को बुला कर रोज की तरह 'स्कूल' लगाने की कोशिश की। मगर दोनों ही तरफ से, या शायद मेरी ही तरफ से, इतना तनाव रहा कि कुछ भी ठीक से पढ़ा सकना असम्भव हो चला। मुझे रह-रहकर यही महसूस होता रहा कि कँवर जबर सिंह को मैं कुछ पढ़ा या बता नहीं सकती, कँवर जबरसिंह ही मुझे कुछ पढ़ा या बता सकता है। मैंने सिर-दर्द का बहाना करके 'स्कूल' की छुट्टी कर दी तो एकमात्र शिष्य मुसकराया और बोला, "यानी पूरी छुट्टी! कहीं फिर तो मुझे खोजती हुई न आ जाइएगा?" मैंने सिर हिलाकर नाही कर दी। फिर कँवर जबरसिंह के दर्शन दिन भर नहीं हुए। मैंने उसे ढूँढ़ने की या उसका पीछा करने की कोई कोशिश नहीं की।

शाम को अपने कमरे में अकेले बैठे-बैठे मैंने यह फैसला किया कि दुश्मन से निपटने के लिए मुझे दुश्मन से ठीक उल्टा बने रहना होगा। वह प्रेत है, पाप है, प्रकृति-विरुद्ध है, मुझे सर्वथा मानवीय, पुण्यधर्मी, और प्रकृत रहना होगा। अगर भयभीत होकर मैंने कोई ऐसी-वैसी बात कह डाली या गलत कदम उठा लिया तो निश्चय ही वे छायाएँ मेरी इस ठोस जीती-जागती हस्ती को हरा देंगी। झील वाले कांड में मैंने चीख-चिल्लाकर ही बात बिगाड़ दी थी। अगर मैं धैर्य नहीं खोती तो राजश्री को इस तरह भेजने की नौबत न आयी होती। दिमाग में ये बात साफ होने के बाद मैंने अच्छी तरह मुँह-हाथ धोया, करीने से कपड़े पहने और रसोइयाजी को सन्देश भिजवाया कि गवर्नेस साहिबा की तबीयत अब ठीक है। वह खाना अपने कमरे में नहीं, कँवर साहेब के साथ डाइनिंग-रूम में खाएँगी। जब मैं स्वस्थ-प्रसन्न मुद्रा में डाइनिंग-रूम

में पहुँची तो कँवर जबरसिंह कुछ देर तक मुझे देखता ही रह गया। फिर उसने मुसकरा कर मेरा स्वागत किया। कुछ देर तक हम दोनों ही कुछ नहीं बोले। फिर जबरसिंह ने कहा, "सुनिए! राजश्री की तबीयत क्या बहुत खराब है?"

"नहीं तो", मैंने आये-गये अन्दाज में कहा, "डॉक्टर कहता था मामूली बुखार है। मेरे ख़याल से शहर पहुँच कर ठीक हो जायेगी। यहाँ की आबोहवा उसे कुछ रास नहीं आ रही थी। ये कटलेट लीजिए ना। आप तो कुछ खा ही नहीं रहे हैं।"

उसने बड़े अदब से शुक्रिया कहा और एक कटलेट ले लिया। फिर कुछ मुसकराते हुए बोला, "अच्छा तो यहाँ की आबोहवा राजश्री के लिए एकाएक खराब हो गयी?"

मैंने संयत स्वर में उत्तर दिया, "एकाएक तो नहीं! आसार तो कई दिन से नजर आ रहे थे।"

"अच्छा! आसार कई दिन पहले से नजर आ रहे थे। तब तो आपने उसे यह सब होने से पहले ही न भेज कर गलती की।"

"क्या होने से पहले?"

"आप तो बातचीत में चौंक उठती हैं गवर्नेस साहिबा। मेरा मतलब था राजश्री के इतना बीमार होने से पहले।"

"कुछ ज्यादा बीमार तो हुई नहीं थी। हाँ, अगर यहाँ रहती तो जरूर हो जाती। उसे भेजने के लिए यही सही वक्त था। यहाँ से जाकर बीमारी का असर अपने आप दूर हो जायेगा।" मैंने यह सारी बात बहुत ही शान्त स्वर में कही और मैं अपनी निगाहें बराबर कँवर जबरसिंह पर जमाए रही।

मगर वह भी पुराना खिलाड़ी था। बगैर पलक झपकाए बड़े बुजुर्गो वाले अन्दाज में बोला, "अच्छा-अच्छा! तो यह मामला है!"

कमरे में फिर खामोशी छा गयी। थोड़ी देर बाद कँवर जबरसिंह ने नौकर को बर्तन उठाने और मीठा परोसने के लिए आवाज दी। जब

नौकर मीठा परोस रहा था तब कँवर जबरसिंह एक बार कुछ कहने को हुआ लेकिन कुछ ऐसा भाव जता कर चुप हो गया कि नौकर चला जाये तो एक खास बात कहूँ। नौकर चला गया तो मैं बोली, "आप शायद कुछ कहना चाहते थे?"

कँवर जबरसिंह हँस पड़ा और बोला, "अब बस आप हैं और हम हैं—यही कहना था।"

●●

कँवर जबरसिंह की बात सुनकर मैं कुछ सकपका गयी, मगर अपने को सँभालते हुए मैंने नहले पर दहला जमाने वाले अन्दाज में कहा, "हाँ, सो तो है लेकिन हम बस दुकेले हों ऐसा भी नहीं। कुछ संगी-साथी भी होने चाहिए।"

"हाँ, कभी-कभी मन-बहलाने के लिए उनकी भी जरूरत होती है।"

"सो तो है...सो तो है", मैंने मन्द-मन्द मुसकराते हुए कहा।

"लेकिन, गवर्नेस साहिबा! यह जो संगी-साथी हैं न, हमारे आपके सामने किसी गिनती में हैं नहीं। क्यों ठीक कहता हूँ?"

मैं फिर कुछ व्यग्र होने लगी लेकिन व्यग्रता को छिपाते हुए मैंने कहा, "यह तो गिनती करने वाले की मर्जी पर निर्भर है।"

कँवर जबरसिंह ने खेल खतम करने वाले अन्दाज में कुर्सी से उठकर खिड़की की ओर बढ़ते हुए कहा, "आपकी मर्जी तो आप ही जानें और मेरी मर्जी...।" कँवर जबरसिंह अब खिड़की से बाहर झाँक रहा था और उसकी आँखें कुछ ढूँढ़ती हुई-सी मालूम हो रही थीं। धीरे-धीरे उसकी आँखों में निराशा का भाव बढ़ता ही गया। उसकी निराशा मेरा उत्साह बढ़ाती गयी। मैं उठी और उसके पास जाकर खड़ी हो गयी। मैंने हँसकर कहा, "क्या देखते हैं, कँवर साहब। वहाँ तो हवा ही हवा है।"

मैंने खिड़की बन्द कर दी। कँवर जबरसिंह पहले तो चौंका फिर

हँसकर बोला, "आपने तो नाहक बन्द कर दी। मुझे तो यहाँ की आबोहवा रास आती है।"

"वह तो है और इसीलिए शायद आप दिन भर खुली हवा में घूमते रहे।"

"खुली हवा में और आजाद परिन्दे की तरह।"

"अच्छी लगती है यह आजादी?"

"आपको कैसी लगती है? मेरी पहरेदारी से आपको भी तो छुट्टी मिल गयी है!"

"मुझे तो वह सब अच्छा लगता है, जो आपको अच्छा लगता है। मैं तो यही चाहती हूँ कि आप खुश रहें। कभी आपको जरूरत हो तो मैं आपकी मदद के लिए हाजिर रहूँ, इसीलिए मैं यहाँ टिकी हुई हूँ।"

"बस, इसीलिए?" उसने मुझसे निगाहें मिलाते हुए सवाल किया।

"हाँ इसीलिए! मैं आपकी भलाई चाहती हूँ। आपको याद होगा, उस रात मैंने कहा था कि मैं आपकी खातिर कुछ भी करने को तैयार हूँ।" यह कहते हुए मेरी आवाज काँप उठी। वह भी कुछ विचलित-सा हो गया।

मगर तुरन्त अपने को सँभालते हुए उसने हँसकर कहा, "भक्तिन, हम खुश हुए। बोल क्या चाहती है?"

उसने गम्भीरता को मजाक में उड़ा दिया तो मैंने मजाक ही मजाक में गम्भीरता कह डाली, "मैं आपका विश्वास चाहती हूँ, प्रभो!"

"आप कुछ जानना चाहती हैं, गवर्नेस साहिबा और इसी नीयत से यहाँ रुक गयी हैं?"

"हाँ और अब आप मुझे बता भी डालिए।"

बहुत देर तक वह खामोश रहा। इधर-उधर कुछ ढूँढ़ता रहा। फिर बात टालने की गरज से उसने कहा, "अभी बताऊँ! यहाँ!" मैंने उसके दोनों हाथ पकड़ लिए और कहा, "इससे अच्छा वक्त और कौन हो सकता है। इस वक्त बस हम और आप ही हैं, कोई तीसरा नहीं।" वह

बहुत ही घबड़ा उठा और अपने को छुड़ाने की कोशिश करने लगा।

मैंने कहा, "आप जाना चाहते हैं तो जाइए।" और उसके हाथ छोड़ दिये। वह काफी झेंप-सा गया। दरवाजे की ओर बढ़ा लेकिन रुक गया। फिर मेरी ओर लौटा और बोला, "क्या डूबते को बचाने वाले कभी-कभी खुद नहीं डूब जाते?" मैंने हँसकर कहा, "मैं अच्छी तैराक हूँ, कँवर साहेब। तो, आप बता नहीं रहे हैं?" वह फिर सकपका गया और बोला, "मैं आपको सब बता दूँगा लेकिन अभी नहीं...अभी नहीं।" सहसा एक झोंके के साथ कमरे की खिड़की खुल गयी और कँवर जबरसिंह बोला, "आँधी आती दीखती है। मेरे कमरे में कागज बिखरे पड़े हैं कहीं उड़ न जायें। अब मुझे इजाजत दें।"

मैं जानती थी कि खिड़की के इस तरह खुलते ही उसने यह बहाना क्यों बनाया? मैंने उसकी राह छेंकते हुए कहा, "आप शौक से जा सकते हैं। मगर अभी सब-कुछ नहीं तो इतना तो बताते ही जाइए कि क्या शहर जाने वाले कागजों में से काका साहब के नाम मेरी चिट्ठी भी इसी तरह की आँधी में उड़ गयी।"

●●

तभी बाहर जोर-से बादल गरजा और बिजली चमकी। हवा के झोंके से लैम्प गिर पड़ा और चकनाचूर हो गया। कमरे में अँधेरा हो गया। अगली बार जो बिजली चमकी तो खिड़की पर रोड़ा का वही घिनौने रूप से आकर्षक चेहरा नजर आया।

कँवर जबरसिंह खिड़की की ओर ही देखता रहा। मैंने उसका रुख अपनी ओर मोड़ लिया। अब खिड़की की ओर उसकी पीठ थी और मेरी निगाहें उसके चेहरे पर और उसके चेहरे के पार खिड़की पर लगी हुई थीं। मैंने अपना सवाल दोहराया और देखा कि जबरसिंह काँप रहा है। जैसे वह यह तय नहीं कर पा रहा हो कि उन छायाओं से डरे या इस गवर्नेस से जो उन छायाओं से भी नहीं डरती। मुझे उसकी दुविधा